KB064395

따뜻한 모순

b판시선 68

윤재철 시집

따뜻한 모순

도서출판 b

폭우 속에
벤치 밑
제비꽃은 목마르다고 한다
제비꽃에 알을 낳는
은줄표범나비도 이리저리
방황하고 있다

이제는
조금 겸손해지고 싶다
검소해지고 싶다

이제는
나를 위해서
너를 위해서
북극곰을 위해서
고비사막 낙타를 위해서

슬픔이 해일처럼

푸른 별을 덮을지라도
딱새 한 마리
가슴에 품기 위해서

| 차 례 |

제1부

멧비둘기 울음소리

서리풀공원 산길
먼발치에서
멧비둘기 운다

구구궉궉
구구궉궉
박자 맞춰 우는데

기적도 없이
멀리 선로 위를 달려오는
바퀴 소리 같다

11월의 기억 저편
8시에
기차는 떠나고

바람에 실려 온
먼 바퀴 소리

구구궈궉

사랑은 떠나고
이별만 남아
혼자 우는 빈 바퀴 소리

조붓한 산길
녹슨 철길 따라
아카시아 향기는 넘실대는데

도요새의 눈물

내가 다시 미란다 갯벌*에 도착할 때는
저물녘 황혼이었으면 좋겠다
내가 알래스카를 떠나 9일의 논스톱 비행을 마치고
다시 미란다 갯벌에 도착할 때는
해변에 아무도 없는
거친 황혼이었으면 좋겠다

나를 만약에 반겨준다면
텅 빈 갯벌에 놓인 낡은 라디오에서
부즈키로 연주하는 조르바의 춤을 들려다오
노을처럼 천천히 시작하는
노을처럼 천천히 시작해서
조금씩 빨라지는

운명처럼 무의미한 것도 없지만
옭아맨 밧줄은 굵고 단단해
나는 지금 서 있을 힘조차 없이
충분히 지쳐 있지만

춤추고 싶다 누군가의 손을 잡고
조르바의 춤을 추고 싶다

텅 빈 해변
밀물 들어오는 갯벌에서
모든 것을 잃어버린 자의 춤
더 이상 버릴 것이 없는 자의 춤
운명으로부터 자유로워진 자의 춤을
노을처럼 천천히

그리하여 운명이 조용히
내 곁을 떠나고
갯벌이 어둠에 잠기면
다시 하늘을 올라
별 속을 걷고 싶다
누군가의 따뜻한 손을 잡고

* 미란다 갯벌: 뉴질랜드 북섬에 위치한 갯벌. 큰뒷부리도요는 매년 이곳을 떠나 우리나라
  서해안을 거쳐 알래스카에 가서 새끼를 낳고, 미란다로 돌아온다.

낙타에게 물려 죽은 한 사내

아마 그럴 것이다
둘이 함께 사막길을 걸어갔다면
한낮에 뜨거운 모래밭을
등에 가득 짐을 싣고
목마르게 걸어갔다면

사람이 낙타의 얼굴을
주먹으로 가격하는 일도
낙타가 사람을 쓰러뜨리고
물어뜯는 일도
일어나지 않았을 것이다

아마가 아니라 결코
그런 일은 없었을 것이다
뜨거운 모래바람 불어가는
고비사막을 둘이 함께
목마르게 걸어갔다면

러시아 시베리아의 한 레크리에이션 센터
왜 낙타는 눈 위에 혼자 서 있었을까
왜 경비원은 가만있는 낙타에게 다가가
고삐를 낚아채며 안면에 펀치를 날렸을까

또 낙타란 놈도 그렇지
화가 났더라도 침이나 뱉으면 됐지
CCTV 켜 둔 마당에서 사람을 쓰러뜨리고
피가 낭자하게 물어뜯었을까

어쩌다 원수처럼 마주친 운명이라도
한낮에 뜨거운 모래밭을
둘이 함께 목마르게 걸어갔다면
그런 일은 결코 일어나지 않았을 것이다

나는 있지

비 오는 날씨 속에
나는 있지
어떤 수상한 날씨 속에
나는 있지
좌도 우도 아니게

바흐의 무반주 첼로 연주곡 속에
나는 있지
방탄소년단의 다이너마이트 노래 속에
나는 있지
클래식도 팝도 아니게

무언가 멀리
사라지는 것들 속에
무언가 소리 없이
다가오는 것들 속에
나는 있지

검은 구름 덮인 도시 속에
달리는 빨간 전동차 속에
불타는 밀림 속에
얼룩덜룩한 세계 지도 속에
나는 있지

아무것도 아닌 것들 속에
뽑히지 않는 못처럼
나는 있지
비 맞고 선 해바라기처럼
나는 있지

따뜻한 모순

사람들 신발만 보고 걷다가
스타벅스 옆 화단
문득 눈 마주친
키 작은 자목련 한 그루

자주색 꽃잎 뒤집히며
흰색 꽃잎
다시 뒤집히며
자주색 꽃잎

앞과 뒤 등지면서
떨어지지 않는
꽃 이파리 하나에
두 가지 빛깔

꽃망울 부풀어 오르면
자줏빛 그리움 차오르다가
꽃잎 벌어지면

썰물 지듯 하얗게 비워지던

자목련은 지금
목마른 절정
자주색 뒤집히면 흰색
따뜻한 모순이다

쇼스타코비치의 왈츠 속을 나비가 난다

쇼스타코비치의 왈츠 2번을
목관 5중주로 들으면
눈감고 나비가 난다

오후의 느릿한 햇살
녹색의 바다
낮은 풀섶 위를

미끄러지듯 춤추며
소리의 빛깔로
나비가 난다

플루트, 클라리넷, 오보에, 바순, 호른
앙상블은 기품 있고 화려하지만
저마다의 빛깔은 우수에 젖어

다가섰다 멀어지며
자전했다가 공전하며

한 생애처럼 나비가 난다

은빛으로 빛나는 날개
슬픔의 빛깔
혹은 무게

쇼스타코비치의 왈츠 속을
나비가 난다
목관악기의 젖은 음색으로 나비가 난다

잠자리몽

파란 수국꽃
꽃잎 움켜쥐고
잠자리는 꿈꾸고 있을까

2억 년 전
3억 년 전
오랜 시원의 꿈

커다란 날개 펼치고
석탄나무 아래
적막하게 잠들던 꿈

오랜 시간 날아오며
점차 작아진 날개는
이제 0.3그램의 몸무게를 지탱하고

폭우와 폭염 사이
고단한 날개 늘어뜨린 채

잠자리는 꿈꾸고 있을까

파란 꽃잎 움켜쥐고
다시 먼 길 떠나는
꿈

개미가 나비를 끌고 간다

날개가 그의 몸통을 더 이상
실어 나를 수 없을 때
나비는 추락했다

날개 밑으로
절은 기름통처럼 생긴
몸통은 떨어져 나가고

화창한 오월
따뜻한 햇빛 속에
개미가 나비를 끌고 간다

하루의 노동으로
풀숲에서 날개를 끌어내어
밧줄도 없이
보도 위를 끌고 간다

꿈처럼 가벼웠던 날개

마술처럼 화려했던 무늬는
낡은 지폐 홀로그램처럼
빛도 없이 흔들리고

개미가 나비를 끌고 간다
하루의 노동으로
자오선을 넘어가고 있다

관악산 소묘

고갯마루에 서서 보면
방배5구역 아파트 공사장 위로
멀리 관악산이
하늘로 떠 있다

높다랗게 둘러친 펜스 위로
아랫도리는 잘린 채
허리께쯤 가슴께쯤
하늘로 떠 있다

관악산의 한 줄기가
우면산으로 갈라지고
우면산의 한 줄기가
다시 갈라져 내린

고갯마루에 서서 보면
1억 5천만 년 전 쥐라기의
화강암 바위산은

검은색 크레파스로 칠한

실루엣 그림처럼
하늘로 떠 있다
은박지 종이 위에
언제라도 미끄러져 내릴 듯

칡꽃 향기

바람도 없이
구름도 없이
아무렇지 않게 여름은 가고

무너진 산비탈 가득 덮은
푸른 칡 이파리
사이사이 솟은 꽃대

아랫도리는 벌써 허물어져
젖은 채 말라가는 꽃잎들
진분홍 피멍 든 채

꽃 진 자리
맑게 맴도는 향기

걷고 걸어 돌아온 날
발뒤꿈치 물고
칡꽃 몇 송이 집까지 따라왔다

7월의 목련 나무

그냥 지나치면
아무도 모를
목련 나무

꽃 다 지고 녹음 우거져
아무도 모를
목련 나무

그러나
봄날 이 길 걷던
추억 떠올리면

그때
그 자리
하얀 목련꽃

7월의 목련 나무

내 마음속의 환풍구

맞은편 연립주택 4층 지붕 위에
모자처럼 얹혀 있는 환풍구
모터도 없이
바람의 힘으로 날개가 돌아가는
화장실 배기용 환풍구

베란다 화분에 물 주며
건너다보는 아침
유리창 밖
내 마음속을 돌아가는
환풍구

어느 날은 미풍
돌 틈으로 돌돌 흘러가는
햇빛 반짝이는 시냇물이었다가
어느 날은 회전목마
광기 어린 베티블루 사랑처럼 말을 달린다

미세 먼지 가득 낀 날은
보나 마나 바람도 정체
축 늘어진 빨래처럼 멈춰 선 채
환풍구는
내 마음속 풍속계

그러나
그 바람이 어디서 오는지
그 바람이 어디로 가는지는
알 수가 없어
알 수가 없어

끝내 모자도 없이
거리에 선다

한낮에 젖는 색소폰 소리

일요일 오후 방배 중앙로
문 닫은 손 세차장
사무실 안쪽 어디서
색소폰 소리 들려온다

잘 부는 것인지
못 부는 것인지
대전블루스 멜로디가 익숙하게
끊이지 않고 이어진다

잘 있거라 나는 간다
이별의 말도 없이
떠나가는 새벽 열차
대전발 영시 오십 분

삶은 때론 놓친 차 시간처럼
공허할 때도 있어
생음악으로 듣는

색소폰 소리가 가슴에 젖는다

차들도 드문드문 지나고
지나는 사람도 없는 일요일 오후
플라타너스 푸른 잎사귀 너머
뭉게구름도 매인 데 없이 한가롭다

치잣빛 향기로 물들고 싶다

이젠
장마와도 상관없어
호우주의보며 폭염주의보와도
상관없어

눈 감고 오로지
향기로만
향기로만 젖어 드는
가슴에 젖어 드는

이젠
손수건에 린넨 스카프에
물들지 않아도 좋지
황홍색 열매 맺지 않아도 좋지

베란다 창가
작년에 사 온 작은 화분에
힘겹게 다시 핀

한 송이 치자꽃은

어제 떠난 그대에게
향기로
물들고 싶다
치잣빛 향기로 물들고 싶다

마른 꽃

그 줄기
그 잎새 그대로
고요히 혹은 뒤틀리며
마른 꽃

마른 꽃에는
그리운 사람이 있다
오래도록 보고 싶은
사람이 있다

마른 꽃을 들여다보면
물기 가득한 생화가
오히려 넘치는
슬픔이었다는 것을 안다

시간은 바람벽
바람도 없이
황토 흙 사이

마른 수수깡처럼

주저앉고 헐거워진 채
마른 꽃에는
오래도록 그리운
사람이 있다

딱새 한 마리 잡목 숲으로 사라지고

비탈 군데군데 잔설은
낙엽 위에 앉아 햇볕을 쬐고

잔바람도 쉬엄쉬엄
빈 가지 건너는데

딱새 한 마리
잡목 숲으로 사라지고

따라가던 마음이
조용하다

방배동성당 오르는 길
봄날이 다시 적막하다

제2부

나비가 왔다 갔다

맑은 봄날 아침
나비가 왔다 갔다

흰나비 한 마리가
왔다 갔다

막 피어나기 시작한
하얀 라일락꽃 위에 앉았다가
아직 입술 열지 않은
철쭉 꽃망울 위를 주춤주춤
왔다 갔다 하다가

가버렸다
보이지 않는다

온 바도 없지만
간 바도 없다

벼루에 하얗게
물이 마르고 있다

반포천에서

유유자적 살고 싶었는데
늘 마음뿐
오늘은
반포천
흐르는 물 위에
벚꽃
꽃잎이 떠간다

어제는
가지마다
벙그는 꽃망울 보았는데
오늘은
하릴없이
허공을 날아올라
하늘 한번 휘젓고

흐르는 물 위에
벚꽃

꽃잎이 떠간다
혼자
브레이크도 없이
핸들도 없이
라이브로 흘러간다

풀밭엔 냉이꽃
무리 지어 손을 흔들고
비탈엔 조팝나무 열 지어
하얗게 팔을 흔드는데
강으로 가는 길
오늘은 소리도 없이
벚꽃, 꽃잎이 떠간다

피천득 산책로

반포천 뚝방길
피천득 산책로는
노시인이 반포주공아파트에 살며
즐겨 산책한 인연이 있다는데

지금은
5층짜리 키 작은 아파트 허물고
35층 고층아파트 짓느라
하얀 펜스 높다랗게 둘러치고 소란한데

천연고무 트랙 깔아놓은 산책로
길 중간쯤
커다란 책 조형물 한쪽
청동 좌상으로 앉아 있는 노시인은

지금도 기다리고 있을까
인연의 책갈피 속
추억처럼

첫사랑 소녀 아사코를

뚝방길 50년 묵은 벚꽃나무는
흐드러지게 피어
꽃잎 날리는데
한 잎, 어깨 위에도 내려앉는데

꽃 핀 오동나무가 내게 연애 걸다

이수교차로 내려오는 사평로
안전 펜스 바깥쪽
반포천 높다란 축대 위에
가로수도 아닌 오동나무 한 그루

지나는 사람 별로 없는 한낮
가지 가득 연보랏빛 꽃이
너무 곱고 환해
한참을 멈춰 서서 올려다보는데

꽃 핀 오동나무가 내게
속삭이듯 말을 건넨다
그만 봐요 간지러워요
그렇지 않아도 쑥스러워 죽겠는데

그러나 나는 더 다가가
담쟁이 기어오르는 줄기 어루만지며
어디서건 꽃 피운다는 것은

아슬아슬한 일이지요 중얼거린다

한참을 머물다 돌아서는 내게
꽃 핀 오동나무는 외람되지만
언제 다시 뵐 수 있을까요 묻는데
나는 아무 말도 하지 못했다

글쎄요 언제 다시 이 길을 지난다면
언제 다시 이 길을 지난다면
그땐 꽃을 피우지 않아도
그대 기억할 거예요

연보랏빛 향기가
은근살짝 내 손을 잡는 한낮이었다

향기를 훔치다

삼호아파트 길가 담장
오월에 붉은 장미
줄지어 피어 있는 끝에
찔레꽃 소담스레 피어 있어
꽃 무더기에
코부터 갖다 대는데

이크
낯익은 손님이 먼저 와 계시다
아이고
말씀을 하시지 몰라보았습니다
한참을 기다렸다가
나도 다시 코를 대고 쿵쿵거리는데

찔레꽃이 내게 소곤거린다
향기를 너무 가져가지 마세요
너무 그러면 벌들이 싫어해요
고개 들며

뒤미쳐 생각해 보니
나야말로 객꾼이 아니던가

품앗이도 아니면서
들밥에 끼어든 객꾼
머쓱해져 가던 길 재촉하는데
훔친 향기는 더욱 간절하게
코끝에 남아
추억처럼 그립고 아련하였다

야쿠르트 아줌마

굵은 밧줄처럼 얽혀
나지막이 아치를 이룬
반포교 등나무 꽃그늘 아래
야쿠르트 아줌마가 졸고 있다

주렁주렁 연보랏빛 꽃타래
향기는 사방 넘실거리는데
전동카트에 턱 괴고 앉아
아줌마가 졸고 있다

햇빛 환한 메이데이
사람들은 광장으로 몰려가고
산책로 숲길로는
이따금 워킹족들 바삐 걸어 지나는데

아침마다 가방 메고 사무실 책상 위에
윌 요구르트 놓고 가던 아줌마
오늘은 등나무 꽃그늘 아래

전동카트에 턱 괴고 앉아 졸고 있다

엉겅퀴꽃을 끌어안은 풍뎅이

풍뎅이 한 마리
엉겅퀴꽃에 푹 빠져 있다
머리를 박고
미동도 하지 않는다
등에는 꽃가루 잔뜩 묻힌 채

나비가 아니면 어떠랴
벌이 아니면 어떠랴
큰 가시를 가져 한거식꽃
날카로운 가시를 피해
진분홍빛 보드라운 입술 찾아온 풍뎅이

시커멓고 못생겼으면 어때
미련하고 거칠면 어때
생긴 건 까칠해도 속정 깊은 나와
철부지 그대

바람도 그 곁을 지나지 않는다

햇빛도 못 본 척
엉겅퀴와 풍뎅이가 엉기어 꼼짝 않는
여름날 오후가 고즈넉하다

장마 지나고 찔레꽃

장마 지나고
파란 하늘엔 흰 구름
둥실 떠가는데

세무서 빌딩 옆
자투리땅
좁다란 화단에 찔레꽃은

개망초와 함께
잡초처럼 무성하게
벤치를 덮었다

잠깐 봄에 보는 이 없이
저 혼자 피었다
저 혼자 진 꽃자리엔

향기는 떠나고
콩알만 한 파란

열매 맺혔다

하얀 꽃잎에 노란 꽃술
혼자 몸살 앓던 향기는
벌써 가을로 떠났나 보다

소나무가 붉다

오랜만에 다시 찾은
동호리 마을 잔등
황토밭 사이로 길은 가고

해거름에 호밋자루 수건 감아쥐고
장모 종종걸음으로 돌아오던
솔밭머리는 인적 끊긴 채

몇 그루 남은 소나무만
훌쩍 자라 줄기가
석양빛에 붉다

멀리 바라보이는
월출산은 옛 모습 그대로
저녁 안개 속에 그윽한데

사람은 가고
날은 저물고

몇 그루 소나무만 남아

마지막 석양빛에
홀로 붉다
순정처럼 붉다

마른 멸치 한 마리

주방 비닐 장판에 떨어져 있는
마른 멸치 한 마리
등 굽은 그의 육신을 보며
노부의 고단한 삶을 생각한다

푸른 바다 떼 지어 유영하며
뒤를 쫓는 삼치며 전갱이
갈치보다도 빨리 도망치던
아름답던 푸른 육신

그물 끌어 올린 어부의 검은 근육이며
소금물에 삶아 낸 아낙의 땀방울이며
몽돌 바닥 햇빛과 바람의 시간이며
몸에 찍혀 빛나는 무늬들

사각의 종이상자에 담긴 채
마트 불빛 속을 떼 지어 유영하다가
마지막 집사람의 손가락 사이로

미끄러지듯 새어 나와

주방 비닐 바닥에 떨어진
마른 멸치 한 마리
매운 꽈리고추멸치볶음 짭조름하게
밥상에 오르지 못한 것이 서러워

노부는 등 구부린 채
끙 돌아누워 버렸다

모란 씨를 찾습니다

어느 날
핸드폰 안전 안내 문자로
강남구에서 배회 중인
허목단 씨(여, 62세)를 찾는다는
메시지가 떴다

그런데
목단이라는 이름이 낯설어
목단?
화투장 육목단?
그럼 모란꽃?

조선 시대에는 이름 없었던
여자아이 이름을
모란이라고 더러 부르고
문자로 적을 때는
목단牧丹이라고 썼던 것 같은데

혹시 그 모란?
환갑을 넘긴 이 여인의 이름이
혹시 모란?
모란 씨?
모란 양?

노랑 점퍼, 검정 바지에
흰 운동화, 흰 마스크 쓰고
강남 번화가를 배회 중인 이 여인을
기억 속에서 불러낼 이름은
도대체 무엇일까

부귀하고 아름답기보다는
왠지 슬픈
그 이름 모란
화투장 육목단 열 끗 같은
그 이름 모란

봉다리 커피

지금도 봉다리 커피는
일하는 사람들의 커피
선 채로 잠시
뜨겁게 소리 내어 마시는

한 봉지에 이백 원
싸구려 커피
배고파서 마신다
추워서 마신다

종이컵에 후후 입김 불어 마시면
머리도 깨고
기운도 솟아
막걸리 한 잔 값을 하는데

자동차로 지나가는 남도 들녘
황토밭에 납짝배추
봄동 캐는 할머니들

쌓아놓은 박스 옆에 옹기종기 주저앉아

싸구려 봉다리 커피 마시고 있다
밭고랑에 놓인 휴대용 가스레인지 위에선
스테인리스 주전자에 김이 솟구치고
얄궂은 봄바람도 잠깐은 숨을 죽인다

백자 달항아리가 우울하다

미국 뉴욕의 크리스티 경매에서
일본인 소장가가 내놓은
높이 45.1cm의 커다란 조선백자 달항아리가
456만 달러(약 60억 원)에 팔려
달항아리 최고가를 기록했다는 뉴스를 보며

명품이 우울하다
백자 달항아리가 우울하다
때 낀 누르스름한 우윳빛
보름달처럼 둥글면서
조금은 일그러진 비대칭의

명품이 우울하다
집 나간 며느리같이 우울하다
시집살이 고달파
다락밭에 호미질 배가 고파
바랑 메고 유랑했다던

명품이 우울하다
이제 가을 전어 구워 냄새 풍겨 보아도
다시 돌아오지 않을
옛날 옛적 배고파 집 나간
흰 무명 치마저고리

만져 보고 싶다
이제는 눈 감고
눈 뜨고
텅 빈 가슴
둥근 어깨 쓸어주고 싶다

미사일과 명품

김정은의 어린 딸 주애가 대륙간탄도미사일 발사 때
아빠와 함께 참관하며 입었다는
프랑스 명품 브랜드 크리스찬 디올
1,900달러짜리 검은색 재킷이 우울하다

미사일이 우울하다
미사일은 하늘로 6,000km
우주까지 날아올랐다가
동해로 정확히 탄착하고

괌에서는 죽음의 백조
전략폭격기 B-1B가 한반도로 전개한다
부산항으로는 떠다니는 군사 기지
미국의 핵 추진 항공모함 니미츠호가 들어오고

강 대 강
일상이 우울하다
변함없는 일상이 우울하다

변함없길 바라는 일상이 우울하다

언제 화면은 라이브로 바뀔지 모르는데
김정은의 어린 딸 주애가 걸친
1,900달러짜리 검은색 재킷이 우울하다
2천만 달러짜리 미사일이 우울하다

보안 문서 파쇄

빌딩 뒤편 주차장 한 켠에
보안 문서 파쇄 차량이
문서 담긴 부대 자루 잔뜩 쌓아놓고
작업 중이다

암석도 아닌
보안 문서를 파쇄 중
종이를 깨뜨려 부수는 중
비밀을 깨뜨려 부수는 중

주민등록번호 하나도 보안이 되는 세상
영업 비밀 특급 기밀
1등급 비밀 2등급 대외비
온갖 비밀을 깨뜨려 부수는 중

마스크 쓰고 보안경 낀
작업 기사는 보안 문서를 뭉텅이 채로
돌아가는 톱니 속으로 쉬임 없이

던져 넣고 던져 넣고

작업 단가는 kg당
몇십억짜리 특급 기밀도
한 줄짜리 주민등록번호도
똑같이 kg당

CCTV 달고 30분 만에 1톤을 파쇄한다는
보안 문서 현장 즉시 파쇄 차량은
햇빛 환한 주차장에서 반나절쯤 작업하고
먼지 하나 남기지 않고 가버렸다

장독대 옆 채송화

한낮에 빨강색
한낮에 노랑색
한낮에 하양색

빈집 장독대 지키며
오늘 꽃은
오늘 하루를 살고

내일 꽃은
내일 하루를 살고
가문 여름날이 지치는데

장독대 흙돌담 위로
또 하루가
도둑고양이처럼 지나간다

제3부

하얀 이별

하얀 반투명 날개에
붉은 무늬
모시 적삼 살 비치는
고혹적인 자태

붉은점모시나비
숨 막힐 듯
갖고 싶었지
오래도록 비밀처럼

그러나 인터넷 쇼핑몰에
한 마리에 16,500원
날개는 접힌 채 삼각지에 싸여
중국산 라벨 붙인 것 보고

마음을 접었네
날개를 접었네

서식지 파괴로 지구 온난화로
멸종 위기 1급이 되어
추운 나라 아무르로 우수리로
이별을 꿈꾸는 나비

한 마리에 16,500원 가격표 보고
이제 나도 이별을 꿈꾸네
추운 나라 눈 내리는
하얀 이별을 꿈꾸네

알락꼬리마도요와 칠게

암꿩 크기의 몸집으로
길게 아래로 굽은 부리에
다리도 부리만큼이나 길고 늘씬해
우표에도 찍혀 있는 알락꼬리마도요*는

게 구멍을 뒤져 작은 게들을 잡아
다리는 떼어내고 몸통을 삼키는데
끝부분이 아래로 휘어진 부리는
비스듬히 깊은 칠게의 구멍에 딱 맞는단다

봄 오월 짝짓기할 때면
네 쌍의 다리를 쭉 뻗어 몸을 높이고
한 쌍의 긴 집게발은 만세 운동을 하듯
위로 올렸다 내렸다 하면서
갯벌 위에서 군무를 추는 칠게는

가느다랗고 긴 눈자루 2개로
주변을 조심스럽게 살피다

순식간에 제 굴속으로 쏙 들어가 버리는데
알락꼬리마도요가 굽어진 부리를 쑤셔 넣으면
꼼짝없이 끌려 나올 수밖에 없단다

사람도 좋아하고
낙지도 좋아하는
춤추는 칠게를
도요새는 절대로 사랑해

남반구 호주에서 월동한 뒤
봄이면 쉬지 않고 12,000km를 날아와
1kg 몸무게가 반으로 줄어든 알락꼬리마도요는
서해 갯벌에서 실컷 칠게를 먹지 못하면
다시 8,000km를 날아 번식지인 시베리아로
날아갈 수가 없단다
죽을 수밖에 없단다

* 알락꼬리마도요: 국제자연보존연맹 적색 목록에 등록된 멸종 위기 종이다. 중간 기착지
  인 한국 서해 갯벌의 매립과 오염으로 인해 멸종 위협이 높아지고 있다.

넓적부리도요 1H

갯벌 위에 내려앉아 조개를 찍는
수만 마리 도요새의 종종걸음 속에
참새만 한 네 모습도 있지만
발자국은 자꾸 희미해진다

갯벌에 물이 차오르면 날아오르는
수만 마리 도요새의 군무 속에
참새만 한 네 날갯짓도 있지만
그림자는 자꾸 희미해진다

러시아 북극 해안을 오가는
수십만 마리 도요새의 무리 속에
참새만 한 네 울음소리도 있지만
구름 너머 아득하다

어디로 날아갔는가
어디로 사라졌는가
세계적으로 수백 마리밖에 남지 않았다는

넓적부리도요여

운명이 너의 족속을 버릴 때
어미도 없이
한 마리 외로운
넓적부리도요 1H* 너는

유부도 갯벌에 내려앉아
티스푼 같은 부리를 좌우로 움직이며
천진한 눈망울로
오늘 하루치의 먹이를 찾고 있다

* 넓적부리도요: 시베리아 추코트카 자치구 등에서 번식하며 한국 서해안 갯벌에 중간
  기착했다가 미얀마 등 동남아로 날아가 월동한다. 지금대로라면 앞으로 15년 안에
  멸종할 것으로 예측하기도 한다. 1H는 러시아 추코트카에서 인공 부화된 개체이다.

미스매치*

북극에 봄이 빨리 오면
동토에 쌓인 눈이 바삐 녹고
풀꽃들이 허둥댄다
땅속 벌레들이 허둥댄다

남반구에서 수만 리를 날아온 도요새는
오자마자 하늘 높이 솟아올라
아름다운 사랑의 노래 부르지만
이미 늦었는지 모른다

수천 년 된 네비게이션은 정확했다
그러나 북극의 시계는 빨라져
어긋남은 빙하를 무너뜨리고
계절은 벌써 여름으로 간다

더 추운 곳을 찾아 북쪽으로 올라가는
순록 무리의 발굽을 피해
어린 도요새는

풀밭 위를 갈팡질팡 도망치고

레밍쥐를 찾지 못해
굶주린 북극여우는
툰드라의 늪지를 종종거리며
쥐 잡듯 어린 새들을 사냥한다

북극에 봄이 빨리 오면
모든 것들이 허둥댄다
빗금을 뚫고 다시 남반구로 돌아갈
도요새의 하늘이 멀다

* 미스매치(mismatch): 두 가지 이상의 것이 서로 잘 어울리지 않는 모양이나 상태.

보일러가 된 지구

마음씨 좋은 시골 아저씨 같은
포르투갈 출신 안토니우 구테흐스 유엔 사무총장은
심각한 표정으로 경고했다

지구 온난화 시대The era of global warming가 끝나고
지구가 끓는 시대The era of global boiling가 시작됐다고

1972년 인류의 위기를 경고한 로마클럽 보고서에
지구 온난화라는 말이 처음 쓰인 지
50여 년 만에 지구가 끓기 시작한 것이다

50년 전 아폴로 우주선이 달에서 찍어 보낸
지구 사진 블루 마블
아름답고 푸른 별 지구는
바야흐로 붉은 별이 되어 가는가

은하철도 999를 타고 떠났다가
미래의 지구로 귀환하는 철이는

푸른 별은 사라지고
붉게 타고 있는 지구를 찾아올 수 있을까

꿈속에서라도
나는 푸른 별에서 잠들고 싶은데
푸른 별에서 지하철을 타고
푸른 별에서 자작나무 숲을 걷고 싶은데

붉은 별은 싫어
사막의 선인장이 말라죽고
캐나다의 산불 연기가 뉴욕까지 뒤덮는
불타는 지구는 정녕 싫은데

태평양에 가라앉고 있는 산호초 섬은
다시 떠오를 수 있을까
꿈속에서라도
꿈속에서라도

극한 호우

극한이라는 말에는
피가 묻어 있어
죽음의 그림자가 너울거린다

엊그제부터
뉴스에 오르내리는
극한 호우

상식과 경험을 뛰어넘는
극단적 폭우를
극한 호우라 부른다는데

입에 올리진 않았지만
최후라는 말이
가슴 높이로 와 닿는다

나도 모르는 사이
나도 극한 인간이

되어 있는지 모르지만

이젠
기후가 극한이 되고
지구가 극한이 되다니

여기까지 물이 찼다고
가리키는 수재민의 손가락 끝이
티핑 포인트*를 넘고 있다

* 티핑 포인트: 임계점. 지구 평균 기온이 산업화 전보다 1.5도 이상 높아지면 인류의
  어떤 노력으로도 기후 변화를 막을 수 없게 된다고 한다.

사막에 버려진 옷 혹은 날개

아타카마사막에 버려진 옷
형 형 색 색
모래밭에 핀 꽃
혹은 널브러진 날개

세상에서 가장 오래된 사막
세상에서 가장 건조한 사막
세상에서 가장 별이 빛나는 사막
혹은 쓰레기장

영국에서 미국에서 한국에서
대서양 건너 태평양 건너
이키케 항구를 통해 들어와
아타카마사막에 버려진 옷

혹은 패스트 패션
과잉 생산 과잉 소비
두세 번 입고 버려지는

수백억 벌 옷의 행방

옷의 무덤
옷의 쓰레기 산

한낮의 뜨거운 햇살에
폴리에스테르 향기 내뿜으며
밤이면 별을 안고 뒹구는
알록달록한 미라의 꿈

젖지 않는 옷
썩지 않는 옷
혹은 꽃
혹은 널브러진 날개

희생

푸줏간 정육점이 시장에서 나와
무슨 축산 간판 붙이고
큰길가 화장품 가게와 핸드폰 가게 사이에
쇼윈도도 없이 자리잡았다

하루 종일 쉴 새 없이 차들 내달리는 길가에
노란색 플라스틱 상자 엎어 놓고
그 위에 내놓은
도발적인 신상품

매직으로 쓴
색종이 가격표 앞에
빅 세일
몸보신용 써 붙인

우족
소꼬리
사골

도가니

누런 털가죽과
하얀 뼈와
붉은 피 사이로
신팡이*가 춤을 추는데

겨울 한낮
느릿한 햇살 속에 올려진
21세기 지상의
마지막 희생*

누렁소 한 마리가
다리와 꼬리로 누워 있다

* 신팡이: 소를 잡을 때 쓰는 칼의 은어로 '신의 지팡이'라는 뜻.
* 희생(犧牲): 천지신명에게 제사 지낼 때 제물로 바치는 산 짐승.

꼬리명주나비와 까마귀오줌통

하얀 명주 천에 수묵화 그린 듯
흰 바탕에 검은 무늬
거기에 붉은 띠와
두세 개 푸른 점

세상에 아름다운
빛깔의 조화

꼬리명주나비의 빛깔은
냄새나는 까마귀오줌통*의 푸른 잎과
색소폰을 닮은
황금빛 작은 꽃에 빚진 것

사람들은 이제서야 안다
꼬리명주나비가 까마귀오줌통에 알을 낳고
애벌레는 냄새나는 그 이파리 갉아먹고
아름다운 나비가 되는 것을

사람들은 말끔하게 정비한 개천가에
생태 공원을 만들고
베어버린 까마귀오줌통을
다시 구해다 심으며

떠나버린 꼬리명주나비가 돌아오기를
숨죽이며 기다린다
아름다운 빛깔의 인연이
다시 이어지기를

* 까마귀오줌통: 쥐방울덩굴의 별칭. 까치오줌요강이라고도 부른다. 줄기와 잎, 꽃에서
  퀴퀴한 악취가 난다. 꼬리명주나비의 먹이 식물인데 잡초라며 마구 베어버려 꼬리명주
  나비도 덩달아 없어졌다.

물총새, 돌아온 것일까

뒷모습만 보았지
반포천 개울가
한가롭게 뒷짐 지고
냉이꽃 메꽃만 보고 걷다가
개울 건너 하늘에서

무언가
돌멩이처럼 날아가던 그 끝
비탈 우거진 나뭇가지 속으로
사라지던
빛나는 색깔

맑은 파란색
초록색 위에 하늘색
비췻빛 영롱한
색깔 한 조각
햇빛 속에 반짝였는데

눈 깜짝 할 사이
없는 것이 있는 것처럼
있는 것이 없는 것처럼
환영처럼 보이다
사라졌는데

물총새, 돌아온 것일까
먼 기억 속을 날아
다시 돌아온 것일까
빛나는 색깔 뒷모습만 보이고
등허리만 보이고

삼한사미

사흘은
북극 찬바람
나흘은
서풍에 먼지바람

사흘은 거리마다
롱패딩
나흘은 얼굴마다
KF94 마스크

거리엔 전광판마다
미세 먼지 주의보 밝히지만
알아도 그뿐 몰라도 그뿐인
무표정한 계절의 일상

삼한이면 길가 만둣가게 하얀 김이
찬 바람에 요란하게 흩날리며
배고픔을 알리고

사미면 까끌까끌한 입맛이
골목 안 묵은지 삼겹살집으로
사람을 잡아끄는데

종일을 우울한
마음은 무대책
종일을 떠나고픈
마음은 가리산지리산

한겨울에 꽃 핀 아몬드 나무

방배역 가는 길
한낮인데도 영하 7도
혹한의 거리
하얗게 질린 플라타너스 나무는
하늘을 향해 팔을 내젓고

나무와 나무 사이
스마트하게 디자인한 지상 배전함
프린팅한 고흐의
꽃나무 그림이
접합유리 속에 들어앉아 있다

자살한 서른일곱
인생의 마지막 봄에
자신을 따라 빈센트라고 이름 붙인
조카의 탄생을 축하하기 위해 그렸다는
꽃 피는 아몬드 나무

따뜻한 남프랑스 아를의
푸른 하늘을 배경으로
구부러진 굵은 가지마다
순백으로 화사하게
아몬드꽃 피었는데

얼음처럼 차가운 배전함
오른쪽 밑 프로필란에는
깡마른 얼굴에 붉은 수염의 고흐가
아직도 끝내지 못한 자화상에
마지막 붓질을 계속하고 있다

전기 모기 채

처음부터 교감은 없었다
단지 접촉은 있지만
접촉의 사이엔
그물 같은 전기 라켓만 있다

전기 모기 채로 모기 잡는 일은
접촉이 아주 강렬해서
섬광이 일고
소리가 천둥 같은데

타닥
한순간에
날개 달린 형체가
흔적 없이 기화해 버리고

라켓 잡은 손엔
쾌감일까
승리의 도취감이

전기처럼 흐른다

그러나 게임이라도 너무
졸렬한 게임
쾌감이라도
비열한 쾌감

전기 라켓 내려놓으면
나는 벌거벗은 채 초라하다

어느 날 뉴스 속보

어느 날 컴퓨터 화면에
세계 인구 80억 명 돌파
속보가 뜬다

80억? 80억?
도무지 실감이 안 되는데
속보는 이내 사라진다

라면 80억 그릇?
노랑 통닭 80억 마리?
손에 손을 잡고 죽 이으면
지구를 몇 바퀴 돌까?

유엔 인구국UNPD 국장은
80억 명이 인류 성공의 징표인 동시에
미래에 커다란 위험일 수도 있다는데

하느님도 이 속보 보고 계실까

아담과 이브는 당황스럽지 않을까
계속 이렇게 불어난다면

달빛은 고루 돌아갈까
구름은 부족하지 않을까
플라스틱은? 아스팔트는?

빙하는 하루가 다르게 녹아내리는데
인구는 하루가 다르게 늘어
10여 년 만에 또 10억이 늘다니!

언제쯤 이 도시는 익어 갈 수 있을까

세 바퀴로 뒤뚱뒤뚱 굴러가던
연탄 싣고 이삿짐 싣고
좁은 골목길 잘도 달리던
70년대 삼륜차 딸딸이

느리고 작은 것이 아름답다고
새삼 우길 생각은 없지만
차선을 꽉 메운 채 열두 바퀴
거침없이 내달리는 25.5톤 덤퍼들을 보면

이제 무서운 생각이 든다
도대체 이 도시는 언제까지
부서진 콘크리트 잔해를 싣고
25.5톤 덤퍼들은 달려야 할까

끝이 보이는가
이 길 끝 어디쯤
어디쯤에서

이 도시는 완성이 될까

언제쯤
갈망하는 언제쯤
이 도시는
익어 갈 수 있을까

제4부

명품리

경기도 여주시 산북면에 있는 명품리는
원래 이름이 품실
일제가 행정 구역을 개편하면서
위 부락은 상품리로
아래 부락은 하품리로 나누면서 사달이 났는데

상품리 이름은 그런대로 괜찮지만
하품리 이름은 영 마뜩잖아
애써 농사지어 가락시장에 내다 팔 때면
마을 이름 때문에 영 하품 취급 받는 것 같고
흥정이라도 할라치면 영 하품 나온다는 소리 듣다 보니
억울하고 자존심 상해
마을 이름을 명품리로 바꾸어 버렸다

품실이라는 원래 마을 이름도
옛날에 이 마을에 삼정승이 났다고 하여
품실로 불리게 되었다고 하지만
품은 벼슬을 일컫는 품品이 아니라

순우리말 품
엄마의 품이 그립다 할 때의 그 품
품실은 주변의 산이
마을을 사람의 품처럼 감싸고 있어서 붙여진 이름

땅이 엄마의 품처럼 따뜻하고 아늑하다면
그런 명품이 어디 있으랴
그런 명당이 또 어디 있으랴
정승 벼슬보다 백번을 낫고말고

따순구미

따순 밥에는
어머니 젖가슴으로 품어 낸 온기가 있다
따순 국에는
어머니 젖가슴으로 데워 낸 온기가 있다

따순구미는
따순 땅 이름
어머니 젖가슴같이
온기가 있는 땅 이름

목포시 온금동은
따뜻할 온溫 자에 비단 금錦 자를 쓰지만
원래 우리말 이름은 따순구미
따뜻한 만彎이라는 뜻

목포에 시가지가 만들어지기 전
목포 앞 바다에서 고기 잡던
가난한 어부들과 그 식구들이 살 붙이며

옹기종기 모여 살던 마을

일제 때는 이곳에 부두 시설을 하고서
째보선창이라고도 불렀지만
등 뒤 산비탈 달동네는 볕 잘 들고 따스해
예로부터 따순구미라 불렀다

따순구미 따순그미 따순기미
모두 어머니의 젖가슴같이
온기를 품은
따순 땅 이름

세상은 갈수록 고달파지는데
우리들 삶의 따순구미는 어딜까
어머니의 젖가슴 같은
따순구미는 어디에 있을까

철새들의 간이역 격렬비열도

서해의 외딴섬 격렬비열도는
청춘의 한 때처럼
격렬하고 비열한 섬이 아니라
새들이 열을 지어 나는 모양으로
길게 늘어서 있는 격렬비+열도

근래에는 영해의 기점으로
영토 주권 수호의 최일선이 되어
눈 부라리지만
원래는 서해 하늘을 오가는
철새들의 간이역

역장도 직원도 없고
기적 소리 울리지 않지만
수천 리를 날아가는
작은 새 큰 새들이
잠시 머물며 쉬어가는 휴게소

봄이면 괭이갈매기 떼 지어 알을 낳고
뻐꾹새도 제 집인 듯 울어대는
섬개개비 꾀꼬리 찌르레기
유리딱새 개똥지빠귀 청호반새
벌매도 날아와 쉬고 가는 섬

오래 사람이 살지 않아
격렬할 것도 비열할 것도 없이
새들만이 바닷길 오가며 자유롭던
철새들의 간이역 격렬비+열도
새들도 날개를 쉬어야 한다

흑산도는 허브 공항

섬이 거기 있어서
새들은 내려앉는다
수천 리 먼 하늘길 달려와
처음 섬이 거기 있어서

온통 상록수림으로 뒤덮여
푸르다 못해 검게 보여
검은 섬
흑산도라는데

새들에겐 허브 공항
동남아 호주 일본에서 날아온 비행기들이
날개도 쉬고 기름도 넣고
중국 북부나 시베리아 알래스카로 날아간다

허브는 부채처럼 바큇살이 꽂히고
축이 연결된 바퀴의 중심
사방에서 날아와 다시 사방으로 날아가는

흑산도는 새들의 허브 공항

저어새 노랑부리백로 큰고니
알락꼬리마도요 붉은어깨도요 흑비둘기
팔색조 긴꼬리딱새 섬개개비
두견이 소쩍새 솔부엉이

봄이면 북행
가을이면 남행
동아시아 대양주 철새 이동 길목에
흑산도는 국제선 비행기들로 붐빈다

해운대 간비오산은 큰나루산

부산 해운대구 간비오산은
한자가 옛날 이두식 표기
간于과 오烏는 그냥 음으로 표기하고
날 비飛 자는 날 음을 표기한 것
간비오는 간날오
큰 나루라는 뜻

간비오산은 산 아래 바닷가에
큰 나루가 있어 붙여진 이름
해발 148m로 그리 높진 않지만
툭 터진 전망이 좋아
간비오산 봉수대는 해운포 일대에 침입한
왜적을 감시하며 봉홧불을 올렸다

간비오산은 남쪽 해안가에
해운대 동백섬이 있고
그 오른쪽에
해운대 백사장이 펼쳐지는

절경이 그림같이
한눈에 들어오던 곳

동백나무가 우거져 이름 붙여진
동백섬도 원래는
간비오산에서 떨어져 나간 바위섬
신라 때 최치원은 이 바닷가 거닐며
남쪽 끝 해벽 바위에
해운대라고 글자 새겼다

산제비의 노래

얼굴도 모르는 새가
그리울 리가 있나
그래도
한 번은 꼭 보고 싶어
산제비

뒤지고 뒤져 몇 굽이
북한의 『조선말대사전』에는 "산제비=칼새"라고
정체가 드러나지만
이름은 그대로 산제비가 좋아
산제비

산제비는 제비와 비슷하지만
나는 속도가 빨라 쉬익 쉭 소리도 들린다는데
산봉우리 암벽에 깃들어 살며
무한허공을 자유자재로 날아다니는 산제비를
박세영 시인은 자유의 화신이라고 노래했다

박지원의 호 연암燕巖도 제비바위
연암은 제비바위에 대해
집 앞 왼편 푸른 벼랑 깊숙한 바위틈에
제비가 둥지를 틀었다 했으니
이것 역시 산제비

칼새보다는 산제비
그제나 이제나
산에 살아 산제비
황해북도 장풍군 장풍읍 남쪽 연암동에는
지금도 제비바위라 부르는 바위가 남아 있다

설악산 울산바위

강원도 홍천 인제를 지나
미시령 고개를 넘으면
오른쪽으로 바위가 울타리를 친
성채같이 아름답고 웅장한
바위산을 볼 수 있는데
이름하여 울산바위

옛날 조물주가 금강산을 빚을 때
경상도 울산에 있었던 큰 바위도
금강산 향해 길을 떠났는데
워낙 덩치가 크고 무겁다 보니 늦어져
설악산에 이르렀을 때 금강산은 이미 다 만들어져서
지금 자리에 그대로 주저앉았다는데

원래 울산바위는 울타리 지명
동국여지승람에는 이산藩山이란 이름으로 나오는데
이산의 리藩는 울타리 리 자
기이한 봉우리가 꾸불꾸불하여

울타리를 설치한 것과 같다고 나오고
울산蔚山이라 하기도 한다고 되어 있다

울산의 울은 우리말 울을
한자의 음을 빌려 쓴 것
울산은 산이 울타리 같거나
산이 울처럼 둘러싼 마을이라는 뜻

예부터 한 울타리 안에 산다는 것은
한 식구라는 뜻
한 울안에 살아서
우리는 우리가 된 것이다

돌아서라도 가야 하는 도라산역

역사 내의 광고판에는
남쪽의 마지막 역이 아니라
북으로 가는 첫 번째 역이라고 써 붙이고
이정표는 평양 205km
서울 56km를 가리키고 있지만
늘 적막이 흐르는 플랫폼

DMZ 민통선 안에 있는 도라산역은
경의선과 평부선의 종점
평부선은 평양에서 부산까지이지만
지금은 평양역에서 도라산역까지
경의선은 서울에서 신의주까지이지만
지금은 서울역에서 도라선역까지
도라선역은 경의선과 평부선이 만나는 지점

도라산은 신라의 마지막 왕인
경순왕의 무덤이 인근 고랑포리에 있어
경순왕이 이곳에 올라

신라의 도읍을 돌아보며 눈물을 흘렸다 해서
도라산이라 부르게 되었다는 전설이 있지만

도라산의 우리말 이름은 도라미
도라는 돌다[미]에서 온 말
도라산은 돌아가는 산이라는 뜻
산의 높이가 156미터밖에 되지 않지만
평야에 우뚝 솟아 있어
어느 쪽으로 가든 돌아서 가게 되어 있어
도라산이라 부르게 되었다고 한다

지금은 세상에서 가장 특별한 열차
평화열차 DMZ train을 타고 안보 관광 다니지만
도라산은 언젠가는
돌아서라도 가야 하는 산
모퉁이를 돌아가면 우리 집
어머니 땅이 보이는 산이다

진목마을은 참나무쟁이

산에 들에 상수리나무 떡갈나무 신갈나무
굴참나무 갈참나무 졸참나무는 많아도
참나무 종자는 따로 없고 대신에
참나무 6형제가 모두 도토리를 열어
도토리나무는 지천이었는데

멧돼지와 곰이 좋아하고
꿩과 어치가 좋아하고
다람쥐와 청설모도 좋아하고
사람들도 흉년이 들어 배고플 땐
도토리묵을 쑤어서 먹었다

나무도 쓰임새가 많아
화력이 세고 연기가 나지 않는
참숯을 만들어 썼고
구멍을 파서 표고버섯을 키우고
굴참나무 껍질은 너와집 지붕을 이었다

그렇게 쓸모가 많아
나무 중에 진짜 나무라 해서
정말 좋은 나무라 해서 참나무
참 진眞 자 나무 목木 자를 써서
한자로는 진목眞木이라 썼다

남해군 설천면 진목리 진목마을은
옛날 마을 북쪽 뒷등에
참나무 숲이 있었다 해서
진목이라 했다는데
우리말 이름은 참나무쟁이

앞바다에는 새꼬막이 깔려 있고
겨울이면 푸른 양탄자처럼 덮여 있는
시금치가 해풍을 맞으며
얼었다 녹았다 단맛을 키우는
진목리 진목마을은 참나무쟁이

뗏목다리 벌교

벌교 꼬막은 삶아서 양념하지 않고
손톱으로 까먹는 것이 가장 맛있다는데
막걸리 두어 잔 들이켜고
한 접시 꼬막 까먹으면
배가 두둑하니 세상이 제대로 보여

벌교 꼬막은 조선 시대부터도 유명했다지만
소설 태백산맥이 벌교를 무대로 하고
꼬막 얘기를 재미지게 한 바람에
세상에 유명세를 탔고
좌우익이 쫄깃한 꼬막 앞에선 한통속이 되었다

낙안 고을의 변두리 갯마을이었던 벌교는
일제 때 경전선 벌교역이 생기고
포구로 일본 배들이 들어오면서 커진 고을
예전엔 기차가 다니는 철교 아래의 선착장까지
배들이 오가며 번창했는데

벌교는 포구의 바닷물이 드나드는
벌교천 냇물 위에
통나무를 떼로 엮어 다리를 만들어서
뗏목다리 떼다리라 부르던 것을
뗏목 벌筏 자를 써서 벌교

얼기설기 나무로 만들다 보니
홍수나 해일에 떠내려가기 일쑤
보다못해 영조 때는 순천 선암사 승려들이
돌다리로 무지개다리 홍교를 만들었는데
주민들은 이를 횡갯다리라고 부른다

아라가야 머리산

낙동강과 남강이 합류하는
경상남도 함안 땅
말이산 고분군은
2,000년 전부터 아라가야의 뿌리가 깊은 곳
나지막한 구릉 지대 기다란 능선에는
아라가야 왕들의 무덤이 열을 지어 서 있다

말이산末伊山의 원래 이름은 마리산
지금은 짐승의 머릿수를 셀 때
한 마리 두 마리로 쓰이지만
옛날에 마리는 머리와 같은 뜻
옛사람들은 이곳이 아라가야 왕들을 묻은
신성한 산이라 마리산이라 불렀다

경남 거창군 마리면의 마리도
머리의 뜻
가야 시대 부족장이 살았던 곳이라 하고
꼭대기에 참성단이 있는 강화도의 마니산도

원래의 이름은 마리산
성스러운 우두머리 산이다

말은 변하지만
그 안에 씨가 있어
뜻은 완고하다

과천 뒤쪽의 방배리

모 방方 자 등 배背 자를 쓰는
서울 서초구 방배동 지명은
지금 서울에 속해 있다 해서
서울을 중심으로 생각하면
빵점

우면산을 등지고 있다느니
한강을 등진 모서리라느니
견강부회하기 일쑤데
옛날에 방배리가 속했던 과천을
중심에 놓고 보면 백 점

방배는 방의 등이라는 뜻
방은 행정 구역의 명칭으로
지금으로 말하면 면이나 읍 정도의 뜻
등은 뒤쪽을 가리키니
방배리는 과천읍의 뒤쪽에 있는 마을

옛날에는 방위를
남쪽을 앞으로 보고
북쪽을 뒤로 보았으니
방배리는 관아의 북쪽에 있는 마을
지금의 방위와도 일치한다

옛날 과천 고을 아전들이
방위에 근거해 작명한 방배리는
쉽고 분명해
제자리 놓고 보면
누구라도 백 점이 된다

할미산이 대모산으로

강남구와 서초구 경계에 있는
그 기슭에 태종의 헌릉과
순조의 인릉이 있어
어마어마한 산으로 대접받았지만

원래 이름은 할미산
태종을 이곳에 모신 후에
산의 명칭이 상스럽다고 하여
어명으로 대모산이라 부르게 되었다는데

그렇다고 대모도 특별한 말은 아냐
할머니를 단지 한자로 바꾸었을 뿐
친척 할아버지 할머니를
우리는 흔히 대부 대모라 불렀다

할미산은 산 모양이
늙은 할미와 같다거나
할머니의 등 굽은 모습 같다고 하지만

할미는 한미에서 비롯된 말

크다 신성하다는 뜻의 한과
산을 뜻하는 미(뫼)가 합쳐져
큰 산을 뜻하던 말
한미가 할미로 바뀐 것

노고산, 노고봉, 노고단
노고老姑라는 땅 이름도 같아
늙을 노 자에 할미 고 자를 써서
우리말 할미산을 나타냈다

조운흘과 몽촌토성

산골짜기 노을에
깃들어 사는 늙은이를 자처한
고려말 시인 조운흘은
세상 잇속에 관심이 없고
세상 밖의 일에만 생각이 있었다는데

그래도 여러 벼슬을 지내며
크게 드러난 자취도 없었으나
또한 더러운 이름도 없었다고 자처한 그는
늘그막에 광주 고원강촌古垣江村
오래된 흙담이 있는 강마을에 물러나 살았는데

그 흙담이 다름 아닌 몽촌토성
옛날 한성백제 시대의 흙으로 쌓은 성
원래 이름은 큰 마을을 뜻하던 곰말
곰말이 꿈말로 변하고
꿈말을 한자로 바꾸어 쓴 이름이 몽촌

조운흘은 이 오래된 강마을
허물어진 흙담에 기대어 살며
무슨 꿈을 꾸었을까
무슨 꿈을 지웠을까
소나무 위로 흐르는 달빛 바라보며

한 점 후손도 없이
병이 들자
스스로 묘지*를 짓고
홀연 앉은 채로 죽었는데
그가 쓴 묘지의 마지막은 이러하였다.

고금의 성현이
어찌 독존하는 자가 있으리오!
쯧쯧
인생사가 끝났도다

* 묘지(墓誌): 고인의 생애와 성품, 가족 관계 등의 행적을 적어 무덤에 함께 묻는 돌이나
  도자기 판. 조운흘은 강 건너 아차산 남쪽에 묻혔으나 지금은 찾을 길 없다.

사댕이고개

지금은
누구도 찾지 않는 십리사탕
한번 입에 물면 잘 녹지 않아
십 리를 간다는 돌사탕
입안에 굴리며

지금은
아무도 그 이름 부르지 않는
아무도 걸어 넘지 않는
차들만 쉬임 없이 오르내리는
사댕이고개 걸어 넘는다

사당4동 총신대에서
상도1동 숭실대 넘어가는 길
고개 아랫녘에 동래 정씨 사당이 있어
사댕이고개(사당이고개)라고 부르고
사당동의 유래가 된 고개

정조가 사도세자를 수원 현릉원에 이장하고
시흥 안양 쪽으로 새길을 내기 전에
원행길에 넘었던 고개
노들나루 건너고 상도터널 넘어와
과천으로 갈 때 넘었던 고개

이제 우뚝한 소나무 한 그루 없이
가파르고 구부러진 채
고개 위까지 아파트가 들어찬 길을
십리사탕 입 안에 굴리며
걸어서 넘는다

무정천리 눈이 오네
― 발문을 대신하여

62편의 신작 시로 열 번째 시집을 엮는다. 시집을 낼 때마다 느끼는 홀가분함이 이번 시집은 덜한 것 같다. 무언가 가슴에 묵지근하게 얹혀 있는 기분이다. 옛날 유행가 가사처럼, 지금은 바야흐로 무정천리, 눈이 오는 탓일까. 유정천리 꽃 피는, 시절은 가고…….

시집을 준비하면서 나는 내가 아니 인류가 어떤 기로에 서 있다는 인상을 강하게 받았다. 예전에도 인류의 위기를 새겨 본 적이 없지 않았지만 관념적이고 피상적이었지 실감은 없었다. 또 워낙 거대한 담론이라 내겐 여러모로 버겁기도 했었다. 그러던 것이 근래 들어 나비나 새들의 멸종 같은 생태적인 위기를 자주 접하고, 폭우와 폭염 같은 기후 위기를 겪으면서는 생각에 앞서 몸이 어떤 위기를 감지하는 것 같다.

언론 매체들은 하루도 빠지지 않고 기후 위기나 생태적인 위기에 대한 기사를 쏟아내고 있다. 그 빈도나 양이 이전과는 비교할 수가 없다. 무언가 거대한 그림자가 다가오는 느낌, 그것도 점차 빨라지는 느낌을 지울 수가 없다. 또한 그러한 위기의 원인과 책임에 대해서 전문가들은 물론이고 대부분의 사람들이 인간을 지목하는 것도 볼 수 있다. 기후위기의 핵심은 지구 온난화이고 주범은 온실가스인데, 그 온실가스의 대부분은 산업혁명 이후 우리가 발전시키고 향유해 온 자본주의와 물질문명이 쏟아냈다는 사실을 누구도 부정하지 않는 것이다.

또 하나 동의하는 것은 기후 위기의 피해가 온실가스를 많이 배출한 선진국이나 공장 하나 없는 빈곤국을 가리지 않고 전 지구적으로 미친다는 사실이다. 그리고 책임의 당사자인 인간뿐 아니라 전혀 책임이 없는 다른 생명체에게도 똑같이 미친다는 사실이 우리를 괴롭게 만든다. 실존이 위협받는 이런 심각한 상황에서 많은 사람들이 불안감과 무력감을 호소한다. 적극적으로 저항하며 기후 행동에 나서는 사람들도 있지만 대부분의 시민들은 불안한 눈빛으로 굵어지는 빗줄기를 바라볼 뿐이다.

나 역시 마찬가지였다. 불안감, 무력감에 더해 인간의 끝없는 욕망에 대한 의구심, 불평등에 대한 분노, 인생에 대한 회의 같은 것도 작용하며 복합적인 우울증에 시달렸다. 도무지 미래가 보이지 않는 불안과 우울 속에 일상생활은 또 기계처럼 되풀이되는데, 이때 그나마 위안이 되어 준 것은 보이지 않게 숨어서 내 곁에 남아 있는 나비나 새들이었다. 도시에서는 이미 사라져가는 존재들이지만 애써 찾아다니는 것이 큰 위안이 되었다. 그들도 인간과 함께 기후의 위협에 직면해 있지만 아무것도 모르는 채 하루하루 살아가는 더할 나위 없이 연약하고 예민한 존재들이었다. 어쩌면 인간보다 한발 앞서 가면서 인간의 고통을 예고하는 존재 같기도 했다. 딱새 한 마리 보듬고 풀꽃 한 송이 지키는 일이 이제 남은 시의 본분일지도 모른다는 생각이 들었다. 그것이 숭고한 인류애의 가치보다 훨씬 실감이 났던 것이다.

첫 번째 이야기― 낙타에게 물려 죽은 한 사내

사람이 낙타에게 물려 죽다니! 처음 그 소식을 접했을 때는 이 무슨 해괴한 일인가 단연 해외 토픽감이구나 생각했다. 인간에게 그렇게 친근하고 헌신적인 동물이 사람을 물어 죽이다니 상상이 잘 되지 않았다. 한편으로는 낙타의 거대한 몸집이나 되새김질하는 입이나 이빨을 떠올리면 낙타가 사람을 죽이는 것은 물리적으로는 어렵지 않으리라는 생각이 들기도 했다.

사건은 이러했다. 러시아 시베리아 옴스크에 있는 베료즈카 레크리에이션 센터에서 일하는 남성 경비원 A씨(51)가 눈길 위에 가만히 서 있는 쌍봉낙타에게 다가가 목에 채워진

고삐를 강하게 당기며 얼굴을 주먹으로 가격했다. 그러자 낙타는 머리를 흔들어 A씨를 밀어냈고 그 힘에 못 이겨 A씨는 넘어졌다. 화가 난 낙타는 거기서 멈추지 않고 넘어진 A씨에게 다가가 주둥이를 들이대고 물어뜯은 것이다. 머리와 몸에 큰 부상을 입은 A씨는 병원으로 옮겨졌으나 끝내 사망했다. 뉴욕포스트는 현지 매체를 인용해 "낙타는 이런 대접을 좋아하지 않는다"며 "A씨는 낙타의 얼굴을 때린 것에 대한 대가를 목숨으로 치렀다"고 보도했다. 현지 검찰은 사건이 발생한 어린이 캠프 측이 낙타를 합법적으로 보유하고 있는지 여부 등을 조사하고 있다고도 했다.

사고 장면은 당시 CCTV에도 고스란히 담겼다. 나도 검색을 통해 영상을 보았는데 기사 내용과 같았다. 동적인 영상이라 실감이 달랐을 뿐이다. 댓글도 많이 달려 있었는데 대체로 낙타는 죄가 없다는 것이었고, 낙타가 보복 사살되지 않기를 바라는 내용도 있었다. 나 역시 공감했다. 아무리 화가 났더라도 낙타의 얼굴을 주먹으로 가격하다니. 그러면서 낙타라는 놈이 무조건 유순하기만 한 동물이 아니라는 것도 알았다. 다 자란 낙타는 2m가 넘는 키에 몸무게가 500kg이 넘는 육중한 몸집을 갖는다. 낙타는 몹시 화가 나거나 스트레스를 받으면 침을 뱉거나 주변을 공격하기도 한다는 것이다. 이런 버릇은 아메리카낙타라고 불리는 라마도 비슷한데, 실제 라마의 침 뱉기는 낙타보다도 더 유명하다. 낙타의 친척 라마는 해발 2,500~4,000m의 척박한 안데스 고산 지대에서 사람의 짐을 대신 날라 주는데, 온순해서 사람을 잘 따르지만 짐이 한계치를 넘어 너무 무거우면 바닥에 드러눕거나 주인에게 침을 뱉기도 한다는 것이다.

우리는 동물에게도 감정이 있다는 것을 잘 인정하려 들지 않는다. 감정이 인간에게만 고유한 심성으로 생각하는 것이다. 인간 중심의 사고에 오래도록 길들어진 탓일 것이다. 그러나 그런 동물들 특히 가축과 함께 살아왔던 사람들은 동물들도 감정이 있다는 것을 잘 알고, 그들을 기르고 돌보는 데 있어서 교감이 아주 중요하다는 것도 몸으로 알고 있다. 그런 교감이 동물을 살리고 동시에 인간을 살린다는 것을 진즉에 깨닫고 있었던 것이다.

낙타에 관한 유명한 다큐 영화로 〈낙타의 눈물〉이라는 것이 있다. 영화는 몽골의 남부, 고비사막의 외딴곳에서 양과 염소와 낙타들을 기르면서 살아가는 한 유목민 가족의 삶을 보여주는 것으로 시작되는데, 어느 날 낙타 한 마리가 새끼를 출산하게 된다. 그런데 새끼가 머리부터 순조롭게 나오는 것이 아니라 다리만 내민 채 자궁에 걸려 고생한다. 다음날 가족들은 기진맥진한 채 쓰러져 고통스러워하는 어미 낙타를 쓰다듬고 달래면서 새끼의 다리를 손으로 잡아당겨 가까스로 낙타는 출산을 한다.

그런데 출산 과정이 너무 힘들었던 탓인지, 어미 낙타는 새끼를 멀리한다. 새끼에게 젖을 물리는 것은 고사하고 자신의 옆에 다가오는 것도 거부한다. 고통을 기억하는 것이다. 새끼는 어미 곁에 가려고 애를 쓰지만 어미는 곁을 주지 않고 멀리 피하기만 한다. 가족들은 어미 젖을 짜서 소뿔 젖꼭지로 새끼를 먹이기도 하지만 한계가 있다. 이런 상황에서 가족들이 택한 마지막 방법은 전통에 따라 현악기 마두금 연주를 들려주는 것이었다. 새끼를 돌보지 않는 어미 낙타에게 마두금 연주와 함께 노래를 불러주면 어미의 마음이 풀려 새끼를 돌보게 된다고 한다.

영화에서는 읍내에서 마두금 연주자를 모셔 오고 의식이 시작된다. 연주자는 먼저 마두금을 푸른 띠로 묶어 낙타의 육봉에 걸어둔다. 몽골 풍습에서 푸른 띠는 하늘을 상징한다고 한다. 그런 뒤 젊은 며느리는 어미 낙타의 몸을 쓰다듬으며 나지막하고 구슬픈 목소리로 노래를 부른다. 연주자는 낙타의 등에 매어놓았던 마두금을 풀어내어 가까이 붙잡아 맨 어미 낙타와 새끼 낙타 앞에서 마두금을 연주한다. 그러자 어미 낙타의 눈곱 낀 눈이 촉촉해지는가 싶더니 눈물 한 방울이 또르르 거친 털 위로 굴러떨어진다. 노래와 연주는 계속되고 소처럼 맑고 큰 낙타의 눈에서 눈물이 흘러내린다. 그때 주인 사내가 새끼를 어미 낙타 가까이 밀면서 새끼는 주춤주춤 어미 낙타에게 다가가고 어미 낙타는 멈칫 멈칫하다가 새끼에게 품을 내어준다. 새끼는 그제야 어미의 젖을 빨기 시작하고 어미는 고개를 돌려 새끼를 바라본다.

다큐 영화에서 선보인 의식은 실제 몽골의 중요한 전통 의식의 하나이다. 몽골에서는 예로부터 어미 낙타가 갓 태어난 새끼를 거부할 때나 어미를 잃은 새끼 낙타를 자신의 새끼로 받아들이도록 할 때 어미 낙타를 구슬리는 '달래기 의식'을 행해 왔는데, 이는 '새끼 낙타를 위한 달래기 의식 Coaxing ritual for baby camels'이라는 이름으로 유네스코 무형 문화유산에 등재되기도 했다. 그러나 몽골 고비 지역도 현대화의 물결을 피하지 못하고 많은 변화를 겪는 바람에 이 의식도 전승에 어려움을 겪고 있다고 한다.

몽골 고비 지역은 1990년대 사회주의 계획 경제로부터 자본주의 시장 경제로 이행하면서 수많은 유목민들이 새로운 삶을 찾아 도시 지역으로 이주했다. 1995년부터 2005년까지 겨울의 눈 폭풍과 여름의 강수량 부족 때문에 키우던 가축을 상당수 잃은 것도 결정적인 이유가 되었다. 그리고 남아 있는 대부분의 가정에도 자동차와 오토바이가 한 대씩 있거나 혹은 최소한 오토바이나 트럭 중 한 대를 가지고 있기 때문에 낙타는 교통수단이나 화물 운송의 용도로 거의 이용되지 않고 있다. 이제 젊은 유목민들은 오토바이로 가축을 몰기 때문에 낙타를 움직이기 위해서 이용했던 전통적인 소리 신호를 더 이상 사용하지 않는다. 이제 낙타를 이끌고 달래는 전통적 음조의 목소리 대신 자동차의 경적 소리가 초원을 흘러 다니고 있다. 게다가 젊은 유목민들은 오랫동안 낙타들과 맺었던 전통적인 관계를 더 이상 이해하지 못하고 있는데, 그렇기 때문에 길들어지지 않은 낙타의 행동과 외양은 변해가고 있다고 한다. 길들어지지 않은 낙타들은 공격적인 태도를 보이고 때로는 사람들을 두려워하기도 한다는 것이다.

두 번째 이야기— 패스트 패션과 옷 무덤

최초의 옷은 다른 짐승의 몸에서 벗겨낸 털가죽이었다. 그것은 애초에는 인간도 지녔을 것이지만 이미 퇴화해 버린 것이다. 그러니 다른 짐승의 옷을 빼앗을 수밖에 없었다. 북아프리카 모로코의 대서양 연안에 있는 콩트르방디에동굴에서는 약 12만 년 전 동물 가죽을 벗겨내는 데 쓴 것으로 추정되는 뼈 도구를 발견한 바 있다. 이 동굴에서는 가죽을 벗긴 자국이 있는 여우와 자칼, 살쾡이 같은 인간이 먹지 않는 육식 동물 뼈도 발견됐다. 이 시기는 약 12만 년 전 마지막 빙하기가 시작하는 시점과 일치한다고 한다. 빙하기 주기 맥락으로 볼 때 현생 인류가 마지막 빙하기의 추위로부터 자신을 보호하기 위해 옷을 만들어 입었을 가능성이 크다. 특히 옷은 주거와 함께 현생 인류가 빙하기를 견뎌내고, 아프리카와 기후가 다른 곳에 정착하는 데 매우 중요한 역할을 했을 것으로 보인다.

이렇게 시작한 옷은 보온의 기능 외에도 중요 부위를 가리는 기능, 피부 등 신체를 보호하는 기능, 자신을 드러내기 위해 아름답게 꾸미는 기능, 신분을 차별화시키는 기능 등을 추가하며 오랜 시간 인류와 문명을 함께 해왔다. 지역마다 자연적인 조건과 생활 환경에 맞게 옷감이나 디자인 그리고 옷 만드는 기술을 발전시켜 왔고, 그것들은 역사의 흐름에 따라 서로 교류하고 소통되기도 했다. 동서양을 잇는 실크로드는 그 한 예가 될 것이다. 그러다가 세계사적으로 결정적인 변화가 일어나게 된 계기는 영국의 산업혁명이었다.

영국의 산업혁명은 면직물 공업에서 먼저 일어났다. 그리고 그 시작은 인도에서 수입해 온 면직물 캘리코였다. 유럽에서는 17세기 이후 인도에서 각종 면직물을 수입하여 이것을 보통 캘리코Calico라고 하였다. 캘리코라는 명칭은 포르투갈 사람들이 처음 불렀던 것으로 전해지는데 인도의 캘리컷항(오늘날의 코지코드)에서 유래한다. 이곳은 포르투갈 출신의 바스코 다 가마가 인도에 처음 도착한 곳이기도 하다. 인도의 목면은 활용도가 높고 매우 뛰어난 섬유였다. 지금까지 그들이 입어 온 양모와 달리 가볍고 질기고 세탁도 쉬운 데다가 다양한 색채에 예쁜 무늬까지 있어 아름다웠다.

캘리코는 신기한 패션으로 유럽인들 사이에 큰 인기를 끌었고 의류 패션에 큰 변화를 가져왔다. 일종의 의류 혁명이었다. 캘리코는 드레스 외에도 침대 시트와 커튼으로도 이용할 수 있었기 때문에 서민들 사이에서도 급속히 퍼져 갔고 그 수요에 부응하여 면제품 제조가 시대적 과제가 된 것이다. 영국의 면직물 제조는 목화솜이 수입되는 리버풀 항 인근의 맨체스터에서 시작되었는데, 증기 기관을 이용한 방적기와 직조기에 의해 공장 생산이 확립되면서 가속적으로 발전하게 된다. 이는 면직물의 대량 생산으로 이어지고 산업혁명을 앞장서 견인하게 된다.

이에 반해 면직물의 원조이자 최고 품질의 면직물 생산 국가였던 인도는 종주국에서 수입국으로 전락해 버린다. 유럽인의 마음을 흔들어 놓은 바로 그 면직물 때문에 인도는 유럽 열강의 각축장이 되었다가 영국의 식민지가 되었는데, 인도산 목화솜을 가져다 대량 생산한 영국의 면직물이 밀려 들면서 인도의 면직물 수공업은 붕괴되고 만다. 뒤에 인도의 마하트마 간디가 독립운동의 일환으로 영국산 직물 불매 운동을 벌이면서 손수 물레를 돌린 것도 이러한 이유에서였 다. 도티를 입고 직접 물레를 돌려 실을 잣고 천을 짜면서 민중을 설득했던 것이다.

도티는 인도 남성들의 전통 의상으로 바느질하지 않은 약 4.5m 길이의 직사각형 천 옷이다. 흰색 목면을 허벅지 사이를 통해 허리에 감아 입는다. 인도는 고대부터 근대까지 헐렁한 천 형태의 의복을 주로 입고 다녔다. 여성들의 전통

의상 사리도 바느질이 되어 있지 않은 길이 5~7m에, 폭이 1~1.5m의 직사각형 천을 허리에 감아 맨 다음 어깨에 걸쳐 밑으로 내려 입는다. 간디가 영국 왕 조지 5세의 초청으로 버킹엄 궁전을 방문했을 때 간디는 평소에 입던 옷 그대로 도티 한 장만 걸친 차림이었는데, 왕은 화려한 예복을 몇 겹씩이나 겹쳐 입어서 묘한 대조를 이루었다.

지난 50년 동안 인도의 의복 문화도 급격한 변화를 겪었다. 도티는 더 이상 도시에서는 찾아보기 힘들며, 힌두교의 사제들만이 간간이 입고 있는 모습을 볼 수 있다. 사리 역시 더 이상 일상 의복이 아니고 공식적인 행사 등에서만 간간이 입는 옷이 되었다. 전통적인 샬와르나 카미즈 등은 주로 어린 여자들이 간혹 입는 경우가 있지만, 이들마저도 더 편한 청바지나 티 종류를 선호한다. 남성들이 주로 입었던 쿠르타도 서양식 의복으로 대체되었고 화이트칼라 사무직들은 스포츠 재킷과 같은 편한 의상들을 훨씬 선호한다. 네루 재킷(네루 총리가 입어 유명해진 재킷) 같은 것도 결혼식이나 공식 행사의 경우에 상류층 사람들이 주로 입을 뿐이다.

옷에 있어서 현재 인류가 당면한 가장 큰 문제는 과잉 생산과 과잉 소비에 있다. 1938년 나일론이 발명되고 이후 폴리에스테르, 아크릴 등 각종 합성 섬유가 탄생함으로써 인류의 의생활은 소재 면에서 획기적인 변화를 겪는다.

이제까지 면, 양모, 비단, 모피와 같은 천연 섬유에 국한되었던 소재가 다양하고 풍부해지면서 의생활도 그만큼 달라지게 된 것이다. 천연 섬유는 재배 또는 사육하는 토지와 기후 조건, 노동력 등에 제약을 받으며 산출량이 일정하지 않고 가격의 변동을 받기 쉬운 데 반해, 석유·석탄을 원료로 하는 합성 섬유는 자연 조건의 제약을 벗어나 필요한 성질이나 양을 자유롭게 조절하면서 연중 생산할 수 있다. 천연 섬유는 농업적이지만 합성 섬유는 화학 공업 분야에 속한다. 합성 섬유는 플라스틱과 분자 구조상 엄격한 구별이 없는데, 그것은 플라스틱이 섬유의 형태로 된 것이라고 할 수 있다.

현대에 있어 옷의 과잉 생산과 과잉 소비는 패스트 패션 fast fashion에 기인한 바가 크다. 패스트 패션은 유행에 따라 최신 트렌드를 즉각 반영하여 **빠르게** 제작하고 **빠르게** 유통시키는 의류를 가리키는 말이다. 이는 패스트 푸드fast food에서 유추한 말로, **빠르게** 변화하는 유행에 맞춰 디자인을 바꿔 내놓는 옷을 통틀어 이르는 말이다. 이것은 소재보다는 디자인을 우선시하고 가격이 비교적 저렴한 것이 특징이다. 패션쇼에 등장한 옷이 한 달쯤 후에 매장에 진열되어 있고, 할리우드 스타들이 착용한 옷이 인터넷에 올라오면 어느새 비슷한 옷이 매장에 걸리는 식이다. 패스트 패션은 소비자 입장에서는 최신 유행의 옷을 비교적 저렴하게 살 수 있고, 업체로서는 **빠른** 회전으로 재고의 부담을 줄일 수 있다는 장점이 있는 반면에 빠르고 다양하게 많은 옷을 만들어 팔아야 하기 때문에 제조, 유통, 폐기 등 전 과정에서 탄소 배출량이나 쓰레기 양이 엄청나게 늘어나 환경을 저해한다는 단점이 있다. IPCC(기후변화에 관한 정부 간 협의체)는 의류 생산이 전 세계 온실가스 배출량의 10%를 차지한다고 밝힌 바 있다. 또 의류는 산업 수질 오염의 20%에 해당하고, 해양 1차 미세 플라스틱 오염의 35%를 발생시킨다고 한다.

근래에 뉴스위크 등 외신은 칠레 북부 아타카마사막의 옷 무덤이 위성으로도 관측된다고 보도했다. 인공위성으로 촬영된 사진에서는 갈색의 사막 위에 형형색색의 옷들로 이루어진 거대한 옷 무덤이 확인된다. 아무렇게나 버려진 옷 쓰레기가 우주에서도 보일 정도로 어마어마하게 사막 위에 쌓여 있는 것이다. 옷은 대부분 몇 번 입다 버린 패스트 패션 브랜드 제품들인데 대체로 중국과 방글라데시의 공장에서 생산돼 미국과 유럽, 우리나라 등 소비 국가를 거쳐 칠레의 이키케항에 도착한다. 이 중 상품 가치가 있는 옷은 일부가 중고 의류 상인들에게 팔리지만 매년 39,000톤가량은 아타카마사막에 그대로 버려진다고 한다. 이 옷들은 대부분 화학 처리가 돼 있어 분해되는 데 수백 년이 걸린다.

이러한 옷 무덤은 다른 지역에서도 확인이 된다. 2021년 미국 방송사 CBS는 〈죽은 백인의 옷Dead white man's clothes〉이라는 기획 보도를 통해 아프리카 가나의 어느 바닷가에 쌓인 옷 무덤을 보도하기도 했다. 유럽 북미 호주 등 세계 각지에서 기부 혹은 수출 명목으로 유입된 후 현지 주민들의 선택을 받지 못한 옷이 이곳에 쌓이는데, 소들이 옷 무덤에 올라가 풀 대신 옷을 뜯어먹는 광경은 세계인을 경악시켰다. 매주 1,500만 벌의 중고 의류가 가나에 들어오는데 이 중 40% 이상이 매립되는 것으로 추산된다. 3,000만 명의 나라에 매주 인구의 절반에 달하는 옷이 도착하는 셈인데 이로 인해 가나는 한 해 수십억 벌의 옷을 어떻게든 처분해야 한다. CBS 보도에서는 지난 30년간 미국인이 구매한 의류 양은 5배 증가했지만, 옷을 착용한 횟수는 평균 7번에 불과 하다고 했다.

아카데미 여우주연상을 2회 수상한 바 있는 왕년의 할리 우드 스타 제인 폰다는 2020년 제92회 미국 아카데미 시상식 에서 봉준호 감독의 영화 〈기생충〉의 작품상 수상을 발표했 다. 당시 제인 폰다가 입은 붉은색 드레스는 2014년 프랑스 칸 영화제에서 입었던 것이어서 세계적으로 큰 화제가 되었 다. 보통 영화제는 배우들이 최신의 화려한 옷차림을 뽐내는 장으로 여겨져 왔기 때문에 제인 폰다의 중고 패션은 더욱 주목을 받았다. 이미 환경 운동가로 활발히 활동하고 있는 제인 폰다는 지구를 위해 더 이상 옷을 사지 않겠다는 자신의 소신을 드러내기 위해 전에 입었던 드레스를 다시 입고 공식 석상에 등장했던 것이다.

2021년 8월 8일(현지 시간) 유명 패션 잡지 〈보그〉 스칸디나비아판은 스웨덴의 10대 환경 운동가 툰베리로 표지를 장식했다. 툰베리는 초록의 숲속에서 헐렁하고 큰 분홍색 트렌치코트를 입고 말의 머리를 쓰다듬는 모습이었다. 툰베리의 촬영 의상은 천연 재료와 폐기된 옷 등을 재활용해 만든 옷이라고 했다. 보그 측에 따르면 툰베리는 촬영장에도 홀로 배낭을 메고 자전거를 타고 나타났는데, 주름진 줄무늬 면 셔츠에 레깅스 차림은 이미 몇 차례 수선을 한 것들이었다고 한다. 그는 "3년 전 산 중고 의류가 마지막으로 구매한 옷"이라며 "나는 아는 사람들에게 물건을 빌려 쓸 뿐"이라고 말했다고 한다. 인터뷰에서는 "패스트 패션이 의류를 일회용품처럼 취급해 기후 위기를 앞당기고 있다"고도 했는데, 자신의 트위터에서는 "패션 업계는 '입고 버린다'는 인식을 만들어 전 세계 노동자를 착취하고, 기후와 생태계를 비상사태로 몰아가고 있다"고 비판하기도 했다.

세 번째 이야기 — 물총새가 왜 거기에 있지?

내가 본 것은 색깔이었다. 파란색과 초록색이 동시에 비친 비췻빛 색깔 한 조각. 형체는 분간할 수도 없었다. 단지 햇빛 속에 잠깐 빛났다 사라진 색깔 한 조각. 눈 깜짝할 사이였다. 다시 보려야 볼 수도 없었다. 그것은 잠깐 반짝이듯 보였다가 순식간에 개울 건너 높다란 축대 밑 나무 속으로 사라졌다. 처음에는 그것이 무엇인지도 몰랐다. 비췻빛 색깔 한 조각 외에는 아무것도 기억에 남지 않았다. 저게 뭐지? 내가 무얼 보았지? 얼떨떨한 상태에서 한동안 그 강렬한 빛깔만 눈앞에 어른거렸던 것이다.

반포천 냇가 길을 산책하다가 맞닥뜨린 희한한 광경이었다. 얼떨떨한 상태는 냇가 길을 다 걷고 뚝방길에 올라와 집으로 향할 때까지 계속되었다. 돌아오면서 내내 그 색깔 생각에 골똘했는데 집에 거의 다 와서야 그게 새라는 생각과 동시에 물총새일지도 모른다는 생각이 번개처럼 스쳤다. 물총새? 아니면 청호반새? 아니야 크기로 보아서는 물총새일 것 같은데. 근데 물총새가 왜 거기에 있지? 왜 도심 한가운데 반포천에 있는 거지? 그동안 반포천을 생태적으로 되살린다고 하더니 물총새도 다시 돌아온 것일까? 생각이 거기에 미치자 가슴이 뛰었다. 정말 내가 본 것이 물총새일까? 비췻빛이라면 물총새가 맞을 것 같은데…….

집에 돌아오자마자 바로 컴퓨터부터 켜고 검색에 들어갔다. 그렇게 한참을 뒤진 끝에 하나를 찾을 수 있었는데 맙소사! 모든 것이 내가 본 정황과 맞아떨어졌다. 그것은 어느 사진가의 블로그였는데 30여 장의 사진과 함께 위치에 대한 간략한 설명이 곁들여져 있었다. 날짜도 바로 엊그제였는데 심증이 확신으로 변했다. 사진 중에는 반포천 산책로의 피천득 시인 동상 아래쪽 냇가에 설치된 정화조 구조물에 앉아서 미꾸라지를 물고 있는 물총새의 모습도 있었다. 사진작가의 말로는 이수교 아래에 앉아 있는 물총새를 몇 컷 찍은 후에 상류로 올라가 정화조 위에서 미꾸라지 잡은 것을 발견했고 한참 후 그곳에서 더 상류 쪽으로 올라가 반포천1교 인근에서 발견한 것으로 보아 한 마리가 계속 상류 쪽으로 이동하면서 사냥을 한 것으로 보인다고 했다. 그리고 수년 전에 반포천 바위에 앉아 있는 물총새를 보고 카메라를 준비하는 사이에 날아간 적이 있는데, 이번으로 반포천에서는 물총새를 두 번째 본다는 설명도 있었다.

비로소 모든 것이 분명해졌다. 반포천 물총새에 관한 블로그는 한 개뿐이었지만 30여 장의 사진이 생생하게 그 상황을 증명해 주고 있었다. 반포천에 물총새는 돌아왔다. 다만 몇 마리가 돌아왔는지, 또 매년 돌아왔는지는 모른다는 것이다. 어쨌든 그런 중에 한 마리 물총새가 올봄 5월 초에 내 눈에 띈 것인데 유감스럽게도 색깔만 보여주고 뒷모습만 보여준 것이었다.

실제로 물총새를 본 것은 두어 번 될까 말까다. 그것도 멀리서. 그러면서도 물총새를 생생하게 기억하는 것은 자연 다큐멘터리 덕택이다. 물총새가 여러모로 특징적이어서 그런지 다큐멘터리로 공들여 찍은 것들이 많았다. 내용 중에 인상적인 것은 나뭇가지나 바위 등에 앉아서 물고기의 움직임을 노려보다가 다이빙하여 물고기를 잡는 장면이나 잡은 물고기를 나뭇가지나 바위에 여러 번 부딪혀 기절시킨 후 먹는 장면이었다. 그러나 아무래도 총체적으로 기억에 남는 것은 물총새의 몸 색깔이었는데 화려하면서도 강렬한 코발트색은 아주 인상적이었다. 턱 아래쪽 가슴 부분은 붉은 노을 빛깔이지만 등 뒤는 녹색을 띤 하늘색으로 전체적으로 이것이 두드러지게 눈에 띄었다.

물총새를 비취 혹은 비취새라고도 하는데 색깔과 관계가 깊은 이름이다. 지금은 비취, 하면 짙은 녹색의 윤이 나는 보석을 우선 떠올리는데 원래 翡비나 翠취는 모두 물총새를 가리켰던 것으로 보인다. 두 한자에 모두 새나 새의 깃털을 가리키는 깃 우羽 자가 들어 있다. 물총새를 한자로는 취조 혹은 청우작靑羽雀이라고도 했다. 고전에도 소나무 같은 짙은 녹색을 가리킬 때 취색翠色이라는 말을 많이 썼다. 고려 때 중국 사신 서긍이 쓴 고려견문록인 『선화봉사고려도경』에는 "도기의 빛깔이 푸른 것을 고려인은 비색翡色이라고 하는데, 근년의 만듦새는 솜씨가 좋고 빛깔도 더욱 좋아졌다"라는 말이 있는데, 여기서 도기는 고려청자를 가리키고 비색은 다름 아닌 물총새의 깃털 빛깔로서 녹색을 띤 하늘색을 뜻한 것으로 볼 수 있다.

어쨌든 등허리의 색깔이 참으로 강렬하고 아름다운 비취새를 반포천에서 보았다는 것은 행운이었다. 물총새는 우리나라에서 여름을 지내며 새끼를 부화해서 키운 다음 겨울에는 남쪽 나라 필리핀 등지로 이동을 한다. 다른 새보다 체구가 작은 물총새가 그 먼 곳까지 날아간다는 것이 대견해 보인다. 그런 물총새를 비록 뒷모습만을 보았을 뿐이지만 반포천에서 실체를 확인할 수 있었던 것은 큰 기쁨이었다. 그만큼 반포천이 살아났다는 증거가 되기 때문이다.

사실 반포천 상류 쪽에 있는 정화조 구조물 부근 얕은 물속에서 어른 팔뚝만 한 잉어들이 장난치고 있는 것 — 알고 보니 산란하기 위해 한강에서 반포천 상류 쪽으로 올라와 암수가 어울리는 광경이었음 — 을 보았을 때만 해도 반신반의했었다. 잉어는 조금 더러운 물에서도 잘 사는 어종이라는 생각도 있고 또 저렇게 팔뚝만 한 잉어가 수없이 떼 지어 있는 것은 특별히 양식을 하거나 관리를 받고 있을 것이란 생각이 들어 별 관심이 없었던 것이다. 그런데 물총새가 물고기를 사냥하고 있다면 얘기가 조금 달라진다. 물총새는 맑은 물에 사는 작은 물고기를 주로 잡아먹는 새가 아닌가. 희망이 보이는 것이다.

반포천은 한강의 제1지류로 서초구 우면산에서 발원하여 서초동, 논현동을 거쳐 마지막에 또 다른 지류인 방배천 (사당천)과 합류하여 동작역 부근에서 한강으로 흘러 들어가는 하천이다. 국일천이라고도 했다. 대부분 복개되어 있지만 고속버스 터미널 남쪽 부근에서 한강으로 흘러가는 물길은 어쩐 일인지 그대로 노출되어 있다. 복개되지 않고 지금도 하천으로 남아 있는 하류 구간은 한때 반포동 생활하수와 맞물려 심각한 악취로 몸살을 앓았으나 지속적인 정화 사업으로 지금은 둑길은 워킹 코스로 정비되어 있고 냇물도 맑아졌다. 물론 생활 하수는 따로 빼돌리고, 인근 공동구에 모인 지하수를 방출하고 부족한 물은 청계천과 같이 한강 물을 끌어올려 방류하는 식으로 수질 개선을 한 것이다. 어쨌든 인위적으로 거의 새로 만들어지다시피 한 냇물이지만 물총새가 돌아올 수 있다면 참으로 다행한 일이다.

네 번째 이야기 — 극한 호우

극한 호우라는 말을 처음 접했을 때는 당혹스러웠다. 이제 비가 오는 것에도 극한이라는 말이 붙어 버린 것이다. 호우라는 말로는 부족해 앞에 극한이라는 말을 붙인 것이리라. 극한 호우 긴급 재난 문자는 '상식과 경험을 뛰어넘는 극단적 폭우'가 발생할 때 피해를 줄이자는 차원에서 도입됐다고 한다. 극한 호우라는 용어 자체는 기상청이 긴급 재난 문자 발송 기준 곧 1시간에 50mm와 3시간에 90mm를 동시에 충족할 경우를 설명하면서 사용한 용어다. 공식적으로 등장한 건 2023년 올해가 처음이다. 단순히 강수량 총량이 많은 것이 아니라 매우 짧은 시간에 특정 지역에 집중적으로 많은 비가 쏟아지는 현상이 두드러지면서 쓰인 것이다.

극한 호우가 내리면 보행자가 안 보이고 차량 와이퍼도

소용없을 정도로 시야 확보가 어려워진다. 짧은 시간에 많은 비를 퍼붓기 때문에 침수와 홍수, 산사태 등 각종 비 피해를 유발한다. 올여름에도 강한 비가 오랫동안 쏟아진 충청과 경북 지역을 중심으로 인명 피해가 속출했다. 극한 호우가 늘어나는 건 한국만의 문제는 아니다. 중국과 일본도 올해 장마철 극한 호우로 인해 피해가 속출했다. 세계적으로도 극한 호우Extreme Rainfall라는 표현이 자주 등장하고 있는데 기상학자들은 극한 호우 현상의 주요 원인으로 기후 변화를 꼽고 있다. 기온이 점차 오르면서 대기가 과거보다 더 많은 수증기를 머금을 수 있게 됐고 이로 인해 비가 내릴 때마다 더 강한 강도로 쏟아진다는 것이다. 해수면 온도가 상승하는 것 역시 여름철 수증기의 유입을 더욱 강화한다.

극한이라는 말에서는 피 냄새가 난다. 죽음의 그림자가 너울거린다. 사전에는 극한이라는 말이 "궁극의 한계. 사물이 진행하여 도달할 수 있는 최후의 단계나 지점을 이른다."고 되어 있다. 최후라는 말이 쓰인 것을 볼 수 있다. 더 이상은 없는 끝이라는 말로 들린다. 사실 극한이라는 말이 그렇게 낯선 것은 아니다. 학교 공부를 통해서도 더러 들었던 말이다. 특히 실존주의와 관련해서 극한 상황은 한계 상황이라고도 했다. 평소에는 무자각하지만 살아 있는 한 그것에 직면할 수밖에 없는, 그러면서 변화시킬 수도 피할 수도 없이 우리들 앞을 가로막고 있는 상황을 의미한다. 이때 사람은 자기의 실존을 각성하게 되는데 실존주의는 개인으로서의 인간의 주체적 존재성을 강조한다는 것이다.

한국 전쟁 직후에 태어난 내게 극한 상황은 우선적으로 전쟁으로 이해되었다. 전후 세대에게 전쟁은 식량이나 물자의 궁핍 같은 가난으로 실감되었지만 어른들로부터 듣는 전쟁 이야기에는 피가 묻어 있었고 두려움은 늘 죽음으로부터 왔다. 조금 커서는 전쟁이라는 극한 상황에 대한 이해는 문학 작품을 통해 많이 이루어졌는데 이른바 전후 실존주의 문학이 그것이었다. 문학 작품에서는 극한 상황이라는 것이 아주 극단적으로 설정되고 묘사되었는데 팽팽한 긴장감 속에 다음 페이지를 서둘러 넘기곤 했다. 그러면서 마주치게 되는 문제는 이런 상황이면 나는 어떻게 했을까, 어떻게 살아야 할 것인가 하는 것이었는데 참으로 어렵고 괴로운 숙제 같은 것이었다.

알베르 카뮈의 『페스트』에서는 극한 상황이 페스트라는 전염병으로 설정되어 있다. 작품에서는 페스트가 창궐하는 공포와 죽음, 절망과 고통의 극한 상황 속에서 재앙에 대응하는 인물들의 각기 다른 모습들이 그려진다. 도피적인 태도를 보이는 사람이 있는가 하면 신에 의지하여 사태를 해석하고 벗어나려는 태도를 보이기도 하고 페스트에 맞서 싸우기 위해 주민들을 조직화하는 사람도 보인다. 작가는 이러한 세계의 부조리에 굴복하기보다는 맞서 싸우는, 싸우기 위해 연대하는 인간에 방점을 찍고 있는 것으로 보인다. 사실상 『페스트』 착상의 기폭제가 된 것은 2차 세계대전이라고 볼 수 있다. 이 작품에서 페스트는 전쟁의 극한 상황에 대체된 것으로 볼 수 있는데, 이 작품은 출간 한 달 만에 초판 2만 부가 매진되면서 2차 세계대전을 경험한 동시대인들에게 큰 공감을 얻어 냈던 것이다.

세계기상기구는 2023년 7월 27일 올해 7월이 기록 사상 지구가 가장 더웠던 달이 될 것이라고 전망했다. 이는 기후변화 감시 기구인 '코페르니쿠스 기후변화서비스[C3S]'의 관측 데이터에 따라 나온 전망이다. 이에 따르면 올해 7월 6일 전 세계 평균 지표면 기온은 섭씨 17.08도로 역대 일일 기온 최고치로 기록됐다. 이러한 기온 상승은 엘니뇨 현상(적도 부근 동태평양의 수온 상승 현상)의 발달에 따른 것으로 캐나다와 그리스 등에서 발생한 산불과 함께 북미·아시아·유럽 대부분의 지역에서 지속된 폭염과 관련이 있다.

같은 날 안토니우 구테흐스 유엔 사무총장은 미국 뉴욕 유엔 본부에서 "잔인한 여름이다. 지구 전체에 재앙"이라고 말하면서 "지구 온난화 시대는 끝났다. 지구 열대화 시대가 도래했다"고 경고했다. 지구 온난화는 global warming을 번역한 것이고 지구 열대화는 global boiling을 번역한 것이다. 언론 매체에 따라서는 global boiling을 지구가 끓는다로 직역하기도 했다. 유엔 사무총장은 "우리는 최악의 사태를 멈출 수는 있다"고 하면서 세계 각국이 행동에 나서달라고 호소하기도 했다.

어쨌든 우리가 생각하는 이상으로 기후 위기는 심각한 상태에 이른 것 같다. 기후 위기가 극한 상황에 이르러 인간에게 실존적인 위협으로 다가오고 있는 것이다. 실존적인 위협이라는 말은 사실 새길수록 무섭다. 이러한 기후 위기는 전 지구적이라는 특징이 있다. 하늘이 한 하늘인 것처럼 어디건 예외가 없다. 미치는 재앙도 지구상의 모든 생명체에 가 닿는다. 인류 차원의 문제만이 아니다. 바야흐로 지구의 역사를 다시 써야 할지 모르는 기로에 지금 우리는 서 있는 것 같다.

다섯 번째 이야기 ― 도요새 4BBRW에 대한 보고서
도요는 도요새의 옛말이다. 도요라 부르다가 새 자가 붙어 3음절 도요새가 되었다. 도요새라는 말은 17세기 문헌에서부터 나타나는데 도요의 어원은 확실치 않다. 전남 서해 연안 지역에서는 쫑찡이라 부르고 서천 지역에서는 독간이라 불렀다. 마도요는 도요새 중에서 가장 큰 것을 부르는 이름(말벌, 말매미처럼 크다는 뜻에서 옴)이고 꺅도요는 꺅꺅 깟깟 소리를 내며 날아오르기 때문에 붙은 이름이다. 몸길이 15cm 정도인 좀도요에서 60cm가 넘는 마도요에 이르기까지 크기도 다양하다. 도요새는 도욧과의 새를 통틀어 이르는 말로 전 세계적으로 80여 종 이상이 있는 것으로 알려져 있다. 이 부류는 몸에 비해 부리가 길고 다리도 길며 꽁지가 짧다. 날개가 뾰족하고 각이 있어 장거리 비행에 유리하다. 주로 강가나 바닷가에 사는데 긴 부리로 갯벌에 있는 게, 새우, 조개, 갯지렁이 같은 것을 잡아먹는다.

영어로는 도요새를 롱빌long bill이라고도 하는데 긴 부리라는 뜻이다. 한자는 휼鷸로 쓴다. 새 조鳥 자에 송곳질할 휼矞 자가 붙었는데 긴 부리로 송곳질하듯 먹잇감을 잡는 새라는 뜻으로 읽을 수 있다. 사자성어 방휼지쟁은 조개와 도요새의 다툼이라는 뜻으로, 두 세력이 매우 심하게 다투다가 결국은 제삼자가 이득을 보게 되는 경우를 비유한다. 어부지리라는 말로 더 많이 쓰이는데 도요새가 조개의 속살을 먹으려고 부리를 조가비 안에 넣는 순간 조개가 입을 꼭 다물고 부리를 안 놔주자, 서로 다투는 틈을 타서 어부가 둘 다 잡아 이익을 얻었다는 데서 유래한다.

우리에게 도요새는 나그네새이다. 이것은 철새하고는 조금 다른 개념이다. 철새는 "철을 따라 이리저리 옮겨다니며 사는 새"로 되어 있는 데 비해 나그네새는 "북쪽 번식지로부터 남쪽 월동지로 이동하는 도중에 봄, 가을 두 차례 한 지방을 지나는 철새. 도요새, 물떼새 따위가 있다."로 정의하고 있다. 나그네새도 철새의 한 종류이지만 오래 머무르지 않고 들렀다 가는 새인 것이다. 도요새는 대표적인 나그네새로 우리나라 서해안 갯벌을 중간 기착지로 하고 있다.

현대에 와서 도요새는 그의 특이한 생태 때문에 많이 회자되었다. 특히 장거리 비행에 관한 신비한 능력 때문에 사람들의 찬탄을 받았다. 정광태가 1983년에 발표해 인기를 끈 대중가요에 〈도요새의 비밀〉이라는 것이 있었다. 그 노랫말을 보면 "도요새 도요새 그 몸은 비록 작지만 도요새 도요새 가장 높이 꿈꾸는 새" "가장 멀리 나는 새"라는 것이 있는데, 도요새에 대한 좋은 인식을 단적으로 보여 준다.

이보다 앞서 1979년에 발표된 김원일의 소설 「도요새에 관한 명상」은 제목에서도 암시되어 있지만 도요새를 본격적으로 비중 있게 다루고 있다. 작가는 이 작품에서 분단 문제뿐 아니라 공해와 환경 파괴 문제에 대해서도 메스를 들이대는데, 이 부분에서 도요새를 중요한 제재로 삼고 있다. 주인공 병국은 서울의 일류 대학에 다니던 촉망받는 존재였으나, 시국 사건에 뛰어들어 퇴학당하고 낙향을 한다. 그는 새로운 삶의 의미를 찾아 철새들이 집단으로 죽어가는 원인과 동진강의 오염 실태 등을 추적하는데, 현실은 벌써 "동진강 하류의 삼각주에서 중부리도요는 찾아볼 수가 없었다. 아니, 중부리도요보다 몸집이 좀 큰 마도요, 등이 불그스름한 민물도요도 볼 수가 없었다. 동진강은 이미 공장지대에서 흘러내린 폐수로 수질이 크게 오염"되어 버린 상태이다.

병국에게 도요새는 자유의 상징이며, 유일한 꿈이다. 그러므로 반드시 보호되어야 할 존재이다. 병국은 툰드라가 고향인 도요새가 되고 싶다고 말하기도 하는데 작가는 작품 속에서 도요새의 비행을 "시베리아 알래스카 캐나다의 툰드라에서 편도 일만 킬로미터를 날아 남으로 남으로 내려오는 그 작은 새 떼의 길고 긴 여정"이라고 서술하면서, "인간으로서는 감히 상상할 수 없는 바다와 하늘이 맞물려 있는 무공 천지에 길을 열어 봄 가을 두 차례씩 지구의 절반을 건너다니는 대이동"을 한다고 쓰고 있다. 또한 도요새의 입을 빌어 이러한 여정에 대해 "우리의 여행은 자유를 찾기 위한 고통의 길고 긴 도정"이라고 쓰고 있다.

도요새 '4BBRW'는 왼쪽 다리에 파랑(B)과 파랑, 오른쪽 다리에 빨강(R)과 흰(W) 인식 띠가 붙어 있어 있는 새이다. 뉴질랜드 도요새 보호 단체인 푸코로코로 미란다 물새 센터가 지구 철새 이동 경로 네트워크^{GFN}의 도움을 받아 가락지와 무선 위성 추적 장치를 붙여 2020년 3월 28일 날려 보낸 큰뒷부리도요 16마리 가운데 하나다. 비둘기보다 조금 큰 이 도요새는 3월 28일 미란다 갯벌을 떠나 9,450km를 한

번도 쉬지 않고 날아 7일 뒤인 4월 4일 대한민국 남해안에 도착했다.

4월 12일에는 금강 하구 유부도로 이동해 조개와 갯지렁이를 잡아먹으며 몸을 회복했다. 5월 21일에 큰뒷부리도요는 금강 하구를 떠나 5일 뒤 알래스카 서해안 번식지에 도착했다. 이후 4개월여 북극의 여름 동안 알을 낳아 새끼를 기르고 다시 몸에 기름을 비축했다. 그러고는 9월 18일 태평양 종단 비행에 나서 9일 넘게 쉬지 않고 12,200km를 비행한 끝에 9월 27일 뉴질랜드 미란다 갯벌에 도착했다. 지난 3월 뉴질랜드를 떠나 금강 하구와 알래스카를 거쳐 뉴질랜드에 다시 돌아오기까지 총 이동 거리는 28,625km였다.

잠을 자지도 않고 물을 마시지도 않는 논스톱 장거리 비행의 비결은 내장과 다리 근육을 최소한으로 줄이고 몸무게의 절반을 지방으로 축적하는 것이다. 물은 지방을 태워 얻고 잠은 뇌의 절반씩 가수면 상태를 유지하며, 낮에는 태양의 편광을 보고 밤에는 별자리를 보며 2,000~5,000m 상공을 쉬지 않고 난다. 실제로 관찰한 연구자들의 말로는 비행 동안 지방과 근육 속의 에너지를 다 소진해 뼈와 가죽만 남은 모습으로 도착하는데 날갯죽지를 축 늘어뜨린 채 몸을 제대로 가누지 못할 정도로 지쳐 있다고 한다. 큰뒷부리도요는 평균 수명이 20년 정도라고 하는데 평생 이동하는 거리는

50만 킬로미터 이상으로 지구에서 달까지의 거리보다도 더 먼 거리를 나그네로 떠돌아다니는 것이다.

도요새의 신비는 과학적으로 많이 해명되었다. 그렇다고 해서 이 새에 대한 놀라움은 조금도 줄지 않았다. 그러면서 이 새에 대한 관심은 호기심에서 보호심으로 급속히 바뀌어 가고 있다. 그것은 그들의 생태나 신비스러운 비행과 관련해서 지구 환경이 자꾸 파괴되고 오염되고 있기 때문이다. 도요새에게 있어서 우리나라 서해안 갯벌은 단순한 중간 기착지가 아니다. 단지 며칠 날개를 쉬었다 떠나는 곳이 아니라 한 달 넘게 머물며 에너지를 재충전하는 중요한 곳이다. 우리나라 갯벌에서 조개나 갯지렁이를 잡아먹고 기름을 비축하지 않으면 번식지인 알래스카로 날아갈 수 없고 모든 것이 거기서 끝나기 때문이다.

새만금 갯벌이 메꿔지면서 도요새는 심대한 타격을 입었다. 방조제를 다 짓자마자 철새 개체 수는 4분의 1 아래로 줄었다고 했다. 큰뒷부리도요 개체 수도 전 세계적으로 20%가 줄었다. 중국 쪽 압록강 하구에도 방조제가 들어서고 갯벌에 조개가 사라진 후로 큰뒷부리도요의 개체 수는 전 세계적으로 18%가 줄었다고 한다. 서해 갯벌은 동아시아–대양주 철새 이동 경로EAAF를 지나는 58종 300만 마리의 도요·물떼새(도요새와 물떼새를 함께 부르는 이름)를 먹이는 곳이다. 그렇듯 중요한 곳인데 한국과 중국의 산업화와

개발로 서해 갯벌의 3분의 2가 지난 반세기 동안 사라졌다고 한다.

도요새에게는 북극의 환경 변화도 커다란 위협이 되고 있다. 북극에서 번식하는 도요·물떼새가 기후 변화의 영향으로 급격히 감소하고 있다고 한다. 북극은 지구에서 온난화가 가장 빨리 진행되는 곳이다. 북극 지역에서 도요·물떼새 둥지의 알이나 새끼가 포식자에 잡아먹히는 비율이 근래들어 현저히 늘어나고 있다고 한다. 기후 변화로 북극 먹이그물의 토대인 레밍 등 설치류가 급감하면서 여우 같은 포식자가 물새의 알과 새끼로 눈을 돌리고 있다는 것이다.

붉은가슴도요새 같은 경우는 어미가 북극에서 가장 먹이가 풍부할 때 부화할 수 있도록 알을 눈 속에 묻는다고한다. 그런데 북극의 기온이 상승하면서 너무 일찍 눈이녹아 알이 예정된 날보다 빨리 부화하는 것이다. 그래서먹이 — 주로 곤충이나 벌레 — 가 부족할 때 태어난 어린붉은가슴도요새들이 영양 부족으로 인해 제대로 성장하지못한다는 것이다. 기후 변화는 도요새들의 도래 시기와먹이 곤충이 급증하는 시기가 어긋나게 해서 새들을 곤경에빠뜨리는 것이다.

학자들은 이를 생태학적 덫ecological trap이라고 부르는것 같다. 생물이 서식지 선택 과정에서 더 낮은 질의 서식지를 선택하게 되는 상황을 말한다. 도요새가 거의 죽음에

이를 정도로 에너지를 소진하며 수천km나 떨어진 북극까지 날아가 번식하는 이유는 그곳이 더 안전하고 먹이가 풍부하기 때문이었다. 그런데 그것이 이젠 덫이 되어 버린 것이다.

따뜻한 모순

초판 1쇄 발행 2024년 4월 12일

지은이 윤재철
펴낸이 조기조

펴낸곳 도서출판 b
등 록 2003년 2월 24일 (제2023-000100호)
주 소 08502 서울시 금천구 가산디지털2로 169-23 1501-2호
전 화 02-6293-7070(대) 팩시밀리 02-6293-8080
누리집 b-book.co.kr 전자우편 bbooks@naver.com

ISBN 979-11-92986-21-0 03810
값_12,000원